Satin grenadine

Marie Desplechin

Satin grenadine

Médium
l'école des loisirs
11, rue de Sèvres, Paris 6e

Du même auteur à *l'école des loisirs*

Collection MÉDIUM
J'envie ceux qui sont dans ton cœur

*Pour Lucie
(ma chérie)*

CHAPITRE UN

Du satin grenadine

— Un peu plus digne, mademoiselle Lucie, s'il vous plaît. Les épaules dégagées. Le ventre rentré. Et la poitrine dehors, voilà une chose que les jeunes filles ne devraient jamais négliger, de tendre la poitrine vers le ciel. Comme si vous étoufficz... Redressez-vous... Levez le menton...

Agenouillée à mes pieds, Mme Sponze fourre l'ourlet de ma robe de centaines de petites aiguilles qu'elle tire prestement du coin de la bouche. Tout le temps qu'elle travaille, elle les garde rangées, coincées à la commissure des lèvres. Je baisse la tête vers elle, j'admire son génie de fakir. Qui parle la bouche remplie d'aiguilles perçantes, à part les fakirs et Mme Sponze ? Il arrive qu'on ne comprenne pas chacun des mots qu'elle crache à travers les aiguilles. Mais, pour l'essentiel, on peut suivre et c'est fascinant. Je meurs d'envie de glisser la main dans son chignon, noué lâchement sur le sommet de sa tête. Cette masse de cheveux branlante de sous laquelle sortent à jet continu des mots sauvés des aiguilles.

— Tiens-toi droite, insiste ma mère. C'est tout ce qu'elle veut dire. Et regarde devant toi.

Devant moi, par la fenêtre de la véranda, le jardin silencieux repose sous l'hiver. Un entrelacs de branches lisses et brunes, sur lequel règne le lierre. Deux oiseaux se sont posés sur l'allée pavée. Immobiles, les plumes gonflées, ils ressemblent à deux pénitents qui attendent le départ d'un minuscule pèlerinage.

Mme Sponze a fini d'épingler le bas de ma robe. Elle se relève, appuie les mains sur ses genoux et hisse lentement son corps de brioche.

— L'organdi, souffle-t-elle quand elle a terminé son ascension, est plus clair que le voile, mais beaucoup moins que la mousseline. Selon que vous le prendrez d'un côté ou de l'autre, vous en verrez l'avantage ou l'inconvénient.

— Pour une demoiselle, remarque ma mère, l'organdi sera bien suffisant.

— Madame a raison. Si on lui donne de la mousseline à treize ans, à quoi rêvera-t-elle quand elle en aura seize?

— À de la soie, dis-je. À du brocart, à du taffetas. À du satin grenadine.

— Il faudra vous trouver un gentil mari, sourit Mme Sponze. Un monsieur qui apprécie les jolies choses et qui ait la fortune qui va avec son goût.

— Madame Sponze?

Ma mère la regarde, interloquée. Mme Sponze se rapproche de moi, comme une petite fille qui vient de faire une bêtise et cherche une protection. Parler devant moi d'un mariage… Pire, d'un mari. Pire, d'un homme. Pire encore, d'un homme qui aime les jolies choses. Ce n'est plus de l'inconvenance, c'est de la débauche.

— C'est que la voilà déjà grande fille, murmure-t-elle pour excuser la faute qu'elle vient de commettre.

Ma mère préfère ignorer sa piteuse tentative. Elle s'approche de moi et fait lentement le tour de ma petite personne emballée d'organdi bleu.

— Un peu moins de fronces à la taille, dit-elle, un peu plus de tissu sur les bras.

Elle jette un coup d'œil au cadran de l'horloge.

— Vous donnerez votre compte à la livraison, lance-t-elle à Mme Sponze qui n'ose plus ouvrir la bouche. Et n'oubliez pas que Marceline vous attend lundi pour compléter le linge d'été.

Quand elle quitte le salon, un vent frais s'engouffre par la porte entrouverte. Je m'efforce de rester impassible tandis que Mme Sponze s'affaire à ôter de mon corps ma robe hérissée d'épingles. Que chaque partie de moi devienne un morceau de pierre, insensible aux piqûres des aiguilles comme aux caresses du tissu. Que je sois parfaite et dure comme l'ange de stuc gris qui veille au milieu du jardin, son carquois sur l'épaule, son petit arc à la main.

Mme Sponze a cessé de parler, mais il est facile de deviner, aux soupirs qu'elle pousse, qu'elle a quelque chose à dire et elle étouffe de devoir se taire. Par pitié pour elle, autant que pour moi qui m'ennuie à jouer la statue, je me lance.

— Faudra-t-il vraiment que je me marie? Est-il interdit de porter du satin grenadine tant qu'on n'est pas mariée?

— Ah ça, ma petite Lucie, si vous n'avez pas de mari, il faudra bien que vous demandiez à votre père. Et je ne crois pas qu'il approuve les belles étoffes, surtout pour les vieilles demoiselles.

— Et si je n'ai pas de père? Si je suis orpheline, qui m'empêchera de porter des robes soyeuses et brillantes?

— Votre frère. Parce qu'il faudra bien lui quémander l'argent du tissu et de la couturière. Il ne voudra certainement pas que sa sœur ressemble à une créature qui va au théâtre et s'en vante. Si vous ne vous mariez pas, croyez-moi, vous userez des vieilles robes de serge toute votre vie.

Je pense à mon frère. Je vois sa triste figure, ses airs ennuyés et les affreux costumes vert sombre dans lesquels il se serre à longueur d'année.

— Mais, madame Sponze, existe-t-il un pays au monde où les demoiselles orphelines peuvent choisir le tissu de leurs robes et l'acheter sans demander la permission à leur frère?

— Je ne sais pas, mon petit. Il faudrait pour cela que vous soyez pauvre et que vous travailliez.

— Il faut être pauvre pour avoir le droit de faire ce qu'on veut?

— Oui, à ceci près que les pauvres ne font pas ce qu'ils veulent parce qu'ils n'en ont pas les moyens. C'est là que réside tout l'ennui d'être pauvre.

La robe a dégringolé à mes pieds. Mme Sponze en

replie soigneusement les pans tandis que je sautille d'un pied sur l'autre, en me frappant les bras du plat de la main. Il ne fait pas bon être en corsage et en jupon dans le salon où l'on n'allume le feu que les jours où ma mère reçoit.

— Allons, allons, fait Mme Sponze d'une bonne voix rassurante. Il ne faut pas vous désoler. Ce que vous ferez, c'est que vous épouserez un monsieur très vieux qui vous fera l'amitié de mourir vite. Vous deviendrez ainsi une dame veuve qui dépense comme elle l'entend le bien de son défunt mari. Et vous vous ferez faire des culottes en satin, si ça vous chante.

— Madame Sponze, dis-je, je veux un mari jeune et beau, comme dans les chansons. Et si ce n'est pas possible en France, je partirai en Amérique et je ferai ma vie chez les sauvages.

— Alors ça, remarque Mme Sponze d'un air pensif, je ne peux pas vous promettre qu'on trouve du satin grenadine en Amérique...

Je suis toujours en jupon et Mme Sponze finit de boutonner son manteau quand Marceline pousse la porte du salon.

— Faut-il se promener toute nue cet hiver si l'on veut être à la mode? demande-t-elle sans qu'on sache très bien à qui elle s'adresse, à Mme Sponze ou à moi.

— Eh oui! dis-je. C'est la nouvelle mode et elle vient d'Amérique. Il va falloir que tu t'y mettes, toi aussi, si tu ne veux pas avoir l'air d'une maraîchère d'Argenteuil.

Marceline hausse les épaules.

— Les modes américaines conviennent aux enfants des sauvages qui n'ont rien à montrer. Pas aux personnes éduquées qui ont quelque chose à cacher.

Elle attrape ma vilaine robe d'alpaga et s'avance vers moi d'un air menaçant.

— Si ta mère apprend que je te laisse courir toute nue, elle me renverra à Bourges. Veux-tu que je retourne à Bourges? Veux-tu qu'on te trouve une gouvernante assez revêche pour t'apprendre à vivre?

— Marceline, tu n'es pas moderne et c'est ce qui te rend amère. Je te dis, moi, qu'au XXe siècle les demoiselles auront le droit de courir toutes nues si c'est leur bon plaisir. Elles ne porteront pas d'horribles jupons trop lourds, même le dimanche. Et elles iront à la messe en cheveux. En cheveux courts, car on les coupera un jour, je te le prédis, comme aux petits garçons.

Marceline hausse les épaules.

— Le nouveau siècle, mademoiselle sans cheveux, n'arrivera pas avant quinze ans d'ici. Tu seras une dame quand on fêtera 1900, tu auras un mari, des enfants, un peu de ventre et sûrement du menton. Et je te fiche mon billet que tu mettras toujours ton chapeau pour aller à l'église.

— Marceline, tu m'ennuies. Si le nouveau siècle doit être aussi triste que l'ancien, à quoi bon vieillir? Je préfère rester fille et ne pas m'encombrer d'une vie de dame, maussade et monotone.

D'un air désolé, Mme Sponze attrape l'anse de son panier rempli de robes.

— Vous dites des bêtises, Lucie. Il faut obéir à

Marceline. Vous savez que votre maman se fâchera contre elle si vous attrapez du mal.

Marceline natte énergiquement mes cheveux en une tresse épaisse qu'elle serre autour de mon front avant de l'attacher avec un ruban. Un fin rideau de pluie tombe sur le jardin. Il laisse sur les fenêtres de la véranda des traînées de perles. Je nous observe dans le reflet de la vitre. Marceline a beau avoir presque vingt-cinq ans, elle n'est pas beaucoup plus grande que moi, qui n'en ai que treize. Elle a le visage rond d'une petite fille, j'ai la figure longue et anguleuse. Marceline dit que je suis osseuse, je lui réponds qu'elle est grasse. Ensemble, nous faisons une bonne moyenne.

Je connais Marceline depuis neuf ans. Elle n'est pas seulement ma gouvernante, elle est aussi la nièce de ma mère, la fille de son frère Charles qui a reçu un éclat d'obus dans l'aine, en 1871, pendant le siège de Paris. La blessure a amené la gangrène et, comme la guerre empêchait les médecins de soigner les malades, Charles est mort avant même de savoir que la guerre était finie et qu'elle était perdue. Ma pauvre tante Apoline n'a pas tardé à suivre. La mère de Marceline était une jeune femme fragile. Avant la guerre, la maladie avait déjà attaqué ses poumons, qu'elle avait troués comme de la dentelle. Le chagrin causé par la mort de son mari et la nourriture infecte et rare ont eu raison d'elle en trois mois.

Marceline avait tout juste treize ans quand, dans la même année, elle a suivi le corbillard de son père, puis celui de sa mère, de sa maison jusqu'au cimetière. Voilée de noir, elle était seule devant le cortège. Après sa naissance, Apoline avait bien donné le jour à deux petits anges, mais le bon Dieu ne voulait pas s'en séparer. Il les a rappelés à lui quelques jours après leur naissance.

Je pense, moi, que Marceline est seule au monde et qu'elle devrait en être très malheureuse. Marceline pense, elle, qu'elle a survécu à une catastrophe, comme l'éruption d'un volcan ou un terrible raz de marée. Elle dit souvent qu'elle a eu de la chance.

À la mort d'Apoline, les familles ne savaient trop que faire de la gamine endeuillée. La branche maternelle, qui est berrichonne et qui a des cousins dans la religion, lui a trouvé une place dans un couvent où les jeunes filles apprennent à coudre et à cuisiner, et à suivre trois messes par jour. Quinze jours après avoir porté en terre ce qui lui restait de famille, Marceline a donc quitté Paris pour Bourges, une petite malle pour tout bagage. À sa descente de voiture, le dos rompu par les cahots, elle était attendue par une tante Eugénie qu'elle n'avait jamais vue de sa vie.

La tante et sa nièce se sont rendues à pied à l'Institution Sainte-Philomène.

— Je vous la confie, a dit sa tante Eugénie à la sœur portière qui se grattait pensivement le front sous la cornette.

— Nous ferons d'elle une fille de Dieu, a répondu la sœur en levant au plafond ses mains ouvertes et son regard transparent.

Et Marceline s'est vu attribuer un lit dur dans un

dortoir sombre et long comme une étable. Elle a quitté ses vêtements de ville pour une robe de lin rêche que couvrait une chasuble grise. Elle a caché ses cheveux brillants sous un affreux foulard. Ensuite de quoi elle a voulu mourir. Elle a cessé de s'alimenter et offert ses repas à ses voisines de table, qui l'ont immédiatement prise en amitié. On mangeait peu, à l'Institution Sainte-Philomène, ce qui vous évitait la tentation de la gourmandise et vous gardait à l'abri de l'un des péchés capitaux. Un sur sept, c'est toujours ça de gagné. En quinze jours de régime, Marceline avait perdu cinq kilos, s'était fait des amies sincères et ruiné l'intestin. Elle avait aussi constaté qu'il n'est pas si facile de mourir de faim. Au bout du compte, elle s'était résolue à vivre, dans l'espoir qu'il se trouverait un jour quelqu'un pour la sortir de là.

CHAPITRE DEUX

Des aléas de la petite enfance

Ce quelqu'un, ce fut moi. À vrai dire, je ne suis pas intervenue directement. Disons que j'ai servi d'instrument au destin. Avant de devenir la personne que je suis, j'ai été, dans mon très jeune temps, un bébé anémique, venu sur le tard à des parents qui ne l'attendaient pas. Ils se contentaient très bien de leur unique progéniture, un grand garçon capricieux qui venait, à ma naissance, de fêter ses dix-sept ans et portait une ombre de moustache.

Tout le monde sait que Dieu envoie de temps en temps des enfants aux femmes qui n'en attendent plus. La Bible est pleine d'histoires de ce genre. Je suppose que mes parents auraient dû se sentir flattés d'avoir été choisis par la providence divine. Mais, quelques semaines après ma naissance, j'ai été expédiée à la campagne avec ma nourrice Martine. Martine, qui se languissait à Paris, car elle venait d'Auxerre, fut tout heureuse d'y retourner avec moi.

Dans leur précipitation à se débarrasser de leur nourrisson, mes parents ne mettaient aucune méchanceté. Tout le monde sait que l'air de Paris, chargé des poussières des cheminées et frotté à la boue des rues, n'est pas bon pour les petits enfants. Dès qu'elles en ont les moyens, les familles envoient leurs nouveau-nés pousser (ou disparaître) à la campagne. Moi comme les autres. J'aurais pu tomber sur des gardiens brutaux et sans cœur. Par chance, j'ai eu Martine, qui m'aimait beaucoup, qui était bonne et douce. Avec elle et entre ses deux petits garçons, je crois que j'ai vécu heureuse jusqu'à l'âge de sept ans. Jusqu'à ce que mes parents décident de me récupérer.

Ils n'avaient jamais jusque-là fait le voyage pour Auxerre et je doute même qu'ils aient jamais mis les pieds dans une ferme. Je me demande encore quel caprice les a poussés à faire eux-mêmes toute cette route, alors qu'ils auraient pu louer une voiture et dépêcher une bonne. Le goût de l'aventure probable-ment. Toujours est-il que je n'en voulais pas, de ces nouveaux parents parisiens dont Martine m'avait annoncé la venue en essuyant des torrents de larmes et en se mouchant férocement. À peine avais-je entendu le bruit des roues dans la cour de la ferme que je cou-rais en hurlant me cacher chez les bêtes.

Il a fallu me poursuivre, m'arracher aux bras de Martine et me mettre de force dans la voiture. Mon père a fermé le loquet pour que je ne me jette pas au sol. Quand la voiture est repartie, j'avais presque perdu le sens à force de crier et de me débattre. Prostrée sur le bord de la banquette, le visage collé à la vitre, je regardais disparaître derrière moi le pays que j'aimais et où j'avais grandi.

— Cette enfant est une furie, a remarqué mon père.

— Elle n'a pas été élevée, a répondu ma mère. Elle a grandi au milieu des vaches et des paysans. Maintenant qu'elle a l'âge de raison, nous allons lui donner une éducation.

— Bon sang, une éducation! Voulez-vous la garder à la maison?

— Un pensionnat risque de coûter bien cher. Je pense engager une jeune fille qui lui servira de gouvernante et d'institutrice, et qui s'occupera, à ses heures perdues, de la maison.

— Avez-vous songé à la charge financière? Une gouvernante n'est pas une bonne. Il faudra la payer, elle aura des prétentions.

À cet endroit de la conversation, ma mère s'est redressée et a souri avec fierté.

— Je ne suis pas une dinde, mon ami. J'ai ce qu'il vous faut. Bonne naissance, instruction religieuse, tempérament modeste. Et non seulement nous n'aurons pas à la payer, mais elle aura à cœur de nous remercier.

— Je ne vois pas où vous la dénicherez…

— C'est que vous n'avez pas de mémoire. Je vais faire venir de Bourges ma pauvre nièce Marceline qui nous sera reconnaissante de l'avoir retirée du couvent sordide où elle végète depuis cinq ans.

Mon père a considéré sa femme avec admiration, comme s'il voyait briller, à travers sa cape couleur de châtaigne, un trésor jusqu'alors bien caché.

— Voilà qui me semble judicieux, charitable et économique, a-t-il soupiré en se renfonçant dans sa banquette.

Et voilà comment, grâce à moi, Marceline a été libérée de sa prison et renvoyée à Paris. Encore en larmes d'avoir quitté Martine, je me suis retrouvée dans les bras d'une jolie gouvernante de dix-huit ans.

Marceline n'était pas installée depuis trois semaines qu'elle était devenue indispensable. À se demander comment vivait ma famille avant son arrivée. Au travail que ma mère s'était hâtée de lui confier (surveillance de la cuisine et du linge, calculs des dépenses, élégance et propreté de la maison), elle se chargea toute seule d'en ajouter d'autres, au premier rang desquels le souci de mon éducation. Ainsi, c'est elle qui persuada ma mère de m'inscrire dans une école de petites filles pour y apprendre à lire et à écrire.

– Mais enfin, protestait ma mère, qu'a-t-elle besoin d'aller chez les sœurs? Vous en savez assez pour lui apprendre vous-même.

Mon père, quant à lui, avait déclaré se désintéresser de l'affaire. Il se moquait bien des décisions de ma mère, à condition qu'elle n'engage aucune dépense exorbitante. Plutôt que de se perdre dans de vains discours, Marceline préféra s'en tenir à un argument simple, dont elle estimait – à raison – qu'il toucherait mes parents au cœur:

– Il n'y a plus que les familles sans revenu pour faire l'éducation de leurs filles à la maison. Les familles fortunées les envoient dans une bonne institution. C'est là qu'elles apprennent les manières du monde et qu'elles nouent les amitiés utiles qui leur feront plus tard trouver de bons maris.

— Dans ce cas, et puisque vous y tenez tant, a consenti ma mère, nous irons chez les sœurs.

Et voilà comment, pour le reste de mon enfance, j'ai passé mes matinées au petit cours des filles tandis que Marceline vaquait aux soins de la maison.

Du haut de ses dix-huit ans, elle avait réussi, par le miracle de l'intelligence et les artifices de la diplomatie, à nouer alliance avec Annette, la cuisinière. La partie n'était pas gagnée d'avance. Il avait fallu convaincre Annette, dont les cheveux étaient déjà gris, que l'arrivée de la jeune fille, loin de menacer ses prérogatives, augmenterait son autorité et lui faciliterait le travail. Marceline se garda bien de lui donner un ordre, sollicitant son avis sur la moindre chose, prenant à sa charge tous les tracas. Elle n'hésita jamais à enfiler le tablier ni à mettre les mains dans l'eau quand Annette avait besoin d'aide. C'est Marceline encore qui proposa à Annette de faire venir sa nièce Fanny pour l'aider en cuisine. Elle sut convaincre mes parents qu'ils avaient besoin d'une bonne pour asseoir leur train de maison. Bref, elle manigança tant et si bien qu'au bout de six mois Annette ne l'appelait plus que «mademoiselle Line». Et quand Fanny vint effectivement s'installer chez nous et prit son service, Marceline mérita le titre de «ma bonne petite fille», auquel Annette ne renonça jamais et qui valait pour une consécration.

À l'heure du midi, Marceline venait me chercher chez les sœurs et nous déjeunions ensemble. Les jours de mauvais temps, je jouais auprès d'elle dans ma chambre tandis qu'elle lisait. Les après-midi de beau temps, nous allions au jardin, où je m'amusais, tandis qu'elle me surveillait de loin, assise sur un banc, un livre ouvert sur les genoux. Quand mes parents recevaient, nous dînions à l'office. Les soirs de relâche, nous avions droit à la salle à manger et à leur compagnie.

Ces dîners pris en commun étaient les seuls moments où je côtoyais mes parents. Mon père passait ses journées entre la Chambre et le Sénat. Il rédigeait de longs rapports et préparait des votes importants. Les grandes questions le préoccupaient trop pour qu'il s'intéresse aux petites filles. Ma mère se dévouait corps et âme à la carrière de son mari. Elle l'aidait de toutes les manières possibles. Elle écrivait pour lui, enfermée le matin dans sa chambre, dont elle ne sortait qu'à midi pour choisir ses vêtements et ses chaussures. Elle recevait ensuite, tout le reste de la journée, des gens haut placés auxquels elle offrait le thé et les charmes de sa conversation, qu'elle invitait à sa table et qu'elle accompagnait parfois à l'Opéra.

Il arrivait qu'elle me fasse appeler dans le salon, en fin d'après-midi, pour me présenter. Avant de m'y envoyer, Marceline lissait ma robe et me recoiffait. Sitôt qu'elle me voyait entrer, ma mère dardait sur moi des yeux immenses et inventait une sorte de sourire d'amour tragique. Elle tendait les bras, adoptait un regard de noyée, puis me pressait contre elle comme une pelure de citron dont on espère extraire les dernières gouttes. Les visiteurs la complimentaient sur ma sagesse et ma politesse, comme ils la félicitaient de ses jolies robes, des belles fleurs qui ornaient son salon et du petit chien barbu du Siam qui ronflait devant la cheminée. Après les compliments, elle m'éloignait soudain de son corsage et soupirait:

— Vous pouvez aller, ma chère Lucie.

Je saluais les visiteurs, mais ils m'avaient déjà oubliée. Je filais me cacher dans ma chambre.

Je ne pense pas que mes parents aient jamais aimé Marceline. Mais je ne crois pas qu'ils aiment qui que ce soit. Mis à part mon frère Achille et quelques-unes de ces personnes qu'ils reçoivent à longueur de temps, dont je connais à peine les visages et dont j'ignore les noms. Mes parents sont généralement indifférents. Mais Marceline leur est très utile, alors ils lui ont toujours montré des égards.

Le seul qui ne lui cache pas son antipathie est Achille. Il m'arrive de penser qu'il est jaloux, encore que je ne comprenne pas ce qu'il pourrait envier à Marceline. Car, enfin, elle est pauvre et il est riche. Elle est orpheline, alors qu'il est à la tête, lui, d'une famille au complet. Ils n'ont pas une si grande différence d'âge, quelques années à peine. Ils pourraient s'entendre à merveille. Si ce n'est, bien sûr, qu'elle est aimable et qu'il est méchant. Et qu'elle est ravissante, alors qu'il est disgracieux, avec ses yeux toujours cernés et les plis de contrariété qui barrent son front.

Achille a tout pour être heureux, ce qui semble ne lui apporter aucun plaisir. Il travaille parfois avec mon père, qu'il accompagne à la Chambre. Il a des amis, qui portent la veste et la moustache, fument le cigare et parlent fort. Avec eux, il s'occupe d'affaires sur lesquelles il est très discret et dont nous ne savons rien. Il sort quand bon lui semble et disparaît plusieurs jours de suite sans que quiconque lui fasse de reproche. Faire ce que bon vous chante, où cela vous amuse, en compagnie de qui vous agrée, et tout cela sans rendre de compte à personne... Qu'est-ce qu'un homme comme lui pourrait attendre de plus de l'existence?

Parfois, je me dis qu'il voudrait être beau et qu'il voudrait qu'on l'aime. Je crois qu'il est fâché de ne pas avoir une fiancée qui le regarde avec des yeux complaisants. Mais mon avis ne compte pas parce que je ne suis que sa sœur et que je n'ai que treize ans. Une jeune fille de treize ans peut-elle trouver une fiancée pour son frère qui en a trente? Dans un monde parfait, Achille aurait été beau et charmant. Il aurait aimé Marceline et l'aurait épousée, bravant avec courage le dépit de mes parents. Dans le monde normal, il est vilain et malcommode, ce qui heureusement n'interdit pas aux hommes de se marier. Rien n'empêche qu'il mette la main sur une fille pas trop vieille et bien riche, qui l'épouserait sans faire d'histoires, et l'emmènerait maugréer loin de chez nous. Il suffirait d'un petit coup de pouce de la chance... Je cherche souvent le soir, avant de m'endormir, au meilleur moyen de dégoter la bonne personne. Mais je manque de méthode. Il faut dire qu'une gamine qui ne sort de chez elle que pour se rendre au beau jardin n'a pas tant de moyens à sa disposition.

Pourtant, parmi toutes les filles qui peuplent le monde, parmi toutes les pauvres âmes qui rêvent d'un mariage bourgeois, qui peut croire qu'il soit si compliqué d'en trouver une pour la donner à mon frère?

Chapitre Trois

Des méfaits de l'instruction

J'ai terminé mon enfance le mois dernier. Le jour où j'ai quitté le petit cours des filles. Les sœurs m'ont donné un livret de carton jaune dans lequel elles ont écrit tout le bien qu'elles pensaient de moi, que j'avais bon caractère et que j'étais joyeuse.

— Lucie a un tempérament actif, a dit sœur Thérèse à ma mère. Il faudra lui trouver des occupations.

Elle avait sur le visage cet air de légère inquiétude que les petites filles prennent pour de la sévérité. Sœur Thérèse se fait beaucoup de souci pour ses élèves. Elle pense que les enfants doivent être occupés tout le temps, faute de quoi ils font des bêtises.

— Elle apprend sans difficulté. Peut-être pourrions-nous vous conseiller un établissement de qualité pour qu'elle y poursuive ses apprentissages?

— Elle a treize ans, a répondu ma mère en regardant le crucifix planté sur le mur, juste au-dessus de la tête de sœur Thérèse.

— Je sais qu'elle a treize ans, a coupé sœur Thérèse. C'est l'âge où les garçons se préparent au lycée. Elle pourrait progresser encore.

— Nous aviserons, a dit ma mère.

Elle a répété «nous aviserons» et nous sommes sorties du bureau. En remontant le couloir qui nous conduisait à la sortie, j'ai pensé que j'en avais fini avec les leçons. J'étais à la fois contente (qui aime les leçons?) et triste de quitter les sœurs. Que faire de toutes ces journées qui m'attendaient dehors? Je me retrouvais sans but. Sans même un chemin à suivre. Le temps s'est ouvert devant moi comme un interminable couloir désert. J'ai pensé que j'aurais le loisir nécessaire pour chercher la fiancée d'Achille. Si je devais passer mes journées chez mes parents, il allait devenir urgent de le rendre plus accort, voire de réfléchir à l'installer, lui, dans une autre demeure.

Puis, presque simultanément, l'idée m'est venue que, plutôt que d'aménager celui de mon frère, je ferais mieux de me construire un avenir à moi. Un avenir assez grand pour y respirer tranquille. Un avenir où je serais libre de choisir le tissu de mes robes et l'emploi du temps de mes journées.

— Marceline, a déclaré mon père le soir même, alors que nous étions à table, maintenant que Lucie a quitté les sœurs, vous vous chargerez d'entretenir ses connaissances.

— Je n'ai pas le savoir suffisant, a protesté Marceline.

Mon père a rajusté sa serviette sur son plastron.

— Comment ça? Vous comptez à la perfection et vous lisez plus qu'il n'est nécessaire. Il vous suffira de veiller à ce qu'elle n'oublie pas tout ce qu'elle a appris.

— Mais elle n'a pas appris grand-chose, a continué Marceline. Qui lui enseignera le latin? L'histoire, la science et la philosophie?

Mon père a laissé tomber sa cuillère sur le bord de son assiette. Il a porté la serviette à ses lèvres et a écarquillé les yeux.

— La philosophie? Qu'est-ce qu'elle a besoin de philosophie? Qu'elle aille à la messe et qu'elle parle avec son curé, elle en aura bien assez, de la philosophie.

Ma mère semblait ne rien entendre. Elle est très forte pour garder un air rêveur quand les conversations l'embarrassent. À moins qu'elle ne rêve vraiment. Même quand elle est assise à côté de moi, je ne suis jamais certaine de sa présence. Pas plus que de son absence d'ailleurs. Ma mère est comédienne. Ici, là-bas, ou tout à fait ailleurs, on ne sait jamais très bien où elle est.

— Fanny, a-t-elle murmuré. Monsieur a terminé.

Fanny, qui attendait les mains croisées dans le dos, debout contre la porte, est passée derrière nous pour ôter nos assiettes à soupe. Ma mère a lancé à mon père un regard vague.

— Nous lui ferons donner un cours de piano et quelques leçons de dessin, a-t-elle proposé.

Si elle n'avait pas vraiment suivi la conversation, elle en avait donc compris l'essentiel. Elle espérait sans doute en finir avec cette ennuyeuse discussion. Mais mon père n'en avait pas terminé.

— Marceline, a-t-il poursuivi en pliant sa serviette et en la déposant d'un air furieux à côté de son assiette, il n'y aura chez moi ni philosophie, ni latin, ni science en jupons. Tant que je serai le chef de cette maison, on y élèvera les filles pour en faire des épouses, et pas des institutrices moustachues, des anarchistes qui préfèrent porter la culotte plutôt que des enfants.

Cette fois, ma mère est complètement revenue à nous. Elle s'est étranglée, si fort que les larmes lui sont montées aux yeux. Évoquer, en famille, et à table, les anarchistes, les enfants et la culotte à la fois, c'était plus qu'elle n'en pouvait supporter.

— Hyppolite... a-t-elle gémi.

Réveillé par les cris de mon père, le petit chien du Siam a grogné sous la table. Marceline était toute pâle, les mains posées sur ses genoux, le regard rivé sur son assiette. Quant à moi, j'aurais beaucoup aimé laisser éclater le rire qui gigotait dans mon ventre. Mais il est assez difficile de commencer un fou rire toute seule. Il faut être deux pour bien rire. Je me contentai donc de sourire béatement quand mon père s'est tourné vers moi.

— Si vous tenez tellement à ce qu'elle sache quelque chose, enseignez-lui les principes de l'hygiène et montrez-lui comment on s'occupe d'une maison. Qu'elle apprenne à prendre soin du linge, à faire des menus, à parler au personnel et à compter les dépenses. Toutes choses qui lui seront toujours plus utiles que le latin et qui ne l'empêcheront pas de trouver un mari.

— Trouver un mari? ai-je répété.

— Il faudra bien, a constaté mon père.

Il a levé les yeux sur moi.

— Une chose est sûre, a-t-il remarqué, c'est que personne ne lui apprend à se coiffer ni à s'habiller. Plutôt que de vouloir la transformer en petit monsieur, Marceline, vous devriez vous efforcer de lui donner un air un peu plus avenant.

Il s'est tourné vers ma mère.

— Mathilde, pourriez-vous arranger cette enfant?

— Nous allons y réfléchir. Marceline, faites-moi penser à lui commander des robes.

— Oui, ma tante.

J'ai cru voir que Marceline était fâchée, mais je n'ai pas compris pourquoi. Là-dessus, mon frère est entré dans la salle à manger. Il n'a salué personne et s'est assis devant son couvert en soupirant.

— Mon pauvre Achille, a murmuré ma mère. Tu travailles trop.

— Il faut bien que certains travaillent, a répondu Achille en lançant à la ronde des regards menaçants, pour entretenir les autres, les parasites et les rentiers, ceux qui gaspillent leur temps à ne rien faire du tout.

C'est ainsi que j'ai débuté ma vie de jeune fille. En abandonnant l'école. Et en apprenant que mon principal effort dans l'existence consistait désormais à m'habiller correctement. Et à connaître les principes de l'hygiène. L'hygiène... Avant de m'informer auprès de Marceline, je ne savais pas ce que voulait dire le mot. J'hésitais entre la maladie et le monstre des colonies.

Comme à son habitude, Marceline a obéi aux ordres de mes parents. Et comme d'habitude, elle l'a fait à sa manière. Au lendemain de cette excellente conversation, elle m'a conduite à l'office.

— Monsieur souhaite que Lucie apprenne la marche de la maison.

Annette a frotté ses mains sur le devant de son tablier et nous a regardées avec stupéfaction.

— Faut-il qu'elle travaille avec nous?

Marceline a eu un petit sourire.

— Il n'a pas donné d'ordre précis. Mais, pour comprendre comment les choses se font, il est bon de mettre la main à la pâte. Qu'en pensez-vous?

— Ma foi, a fait Annette en secouant la tête, j'en pense que c'est la première fois que je vais faire travailler une demoiselle. Je ne savais pas que monsieur avait l'âme socialiste.

— Socialiste, a répété Marceline avec une grimace dubitative, il ne faut rien exagérer.

— Que veut-elle apprendre, mademoiselle Lucie? a demandé Annette en se tournant vers moi.

Elle avait un grand sourire amusé.

— Ce que vous voudrez, Annette. Un petit peu de tout.

— Le mieux sera qu'elle travaille avec Fanny. Et puisque nous sommes dans une semaine de lessive, elle vous montrera aujourd'hui comment préparer le savon. Tu seras bien gentille, n'est-ce pas, Fanny?

Nous avons sorti de la glacière les gros blocs humides et grisâtres. Nous les avons découpés en fins copeaux que nous avons mélangés à de l'huile et à du talc. Tout cela faisait une drôle de bouillie que nous avons mise à fondre à la vapeur. Quand la pâte s'est trouvée bien souple, formant des rubans au bout de la cuillère en bois, Fanny a ajouté de l'huile d'amande et quelques gouttes d'essence de benjoin. Puis nous avons modelé les petits pains de toilette. Je les ai mis à sécher sur une claie que j'avais posée sur la paillasse. Ensuite, nous avons préparé le savon pour la lessive, qui demande moins de travail parce qu'il est noir, cassant et ne sent pas si bon.

Au milieu de l'après-midi, nous étions toutes les deux échevelées et suantes. Mais nous avions fini. Les savons beiges et les savons bruns voisinaient dans la buanderie. L'air était saturé d'odeurs. J'étais fière du travail accompli. Je pensais avoir droit à une petite récompense.

— J'ai fini, ai-je dit à Marceline quand elle a pointé le nez à l'office. Tu pourras passer voir tous nos beaux savons dans la buanderie. N'est-ce pas, Fanny, qu'on jurerait que j'ai fait des savons toute ma vie? Et maintenant, j'aimerais tant aller au beau jardin.

Mais elle a froncé le nez et secoué la tête. Le vent soufflait trop fort. Quand elle redoute que j'attrape froid, Marceline ne transige jamais. Il a donc fallu se résigner. J'ai passé le reste de la journée en compagnie de Fanny. Je l'ai suivie à la cuisine, où elle devait préparer des légumes. Assise en face d'elle, je lui ai posé des questions tandis qu'elle épluchait des topinambours, qui sont des légumes roux (et non tout blancs comme on le croit quand on se contente de les manger), dont la peau est couverte de pustules (ce qu'ignorent heureusement les convives). Il est plus facile de parler aimablement quand on est assise à une table au milieu des épluchures que debout les mains dans le savon. Fanny est très bavarde. J'apprends beaucoup en conversant avec elle. Il serait bête de croire que seuls les livres nous enseignent. Les paroles des gens sont aussi pleines de sens. C'est ce que j'ai expliqué à Marceline le soir même, et elle m'a approuvée.

CHAPITRE QUATRE

Mais des vertus de l'apprentissage

Fanny ressemble à une femme, mais elle n'est pas beaucoup plus vieille que moi. Elle a eu seize ans l'été dernier. Elle habitait avec sa famille à L'Isle-Adam, qui est un village dans les bois, et elle y serait bien restée si elle en avait eu la possibilité. Ses parents sont de pauvres gens, si bien qu'ils n'ont pu s'empêcher d'avoir une quantité d'enfants, dont elle est l'aînée. Elle s'est naturellement retrouvée à élever la marmaille. Quand les derniers-nés ont été assez hauts pour se torcher tout seuls, son père lui a trouvé un travail loin du village. À quatorze ans, elle est partie dans une ferme où elle s'est occupée des bêtes et a fait les récoltes. Elle y est restée un an et maintenant encore elle ne peut en parler sans se mettre en colère. Les fermiers, dit-elle, étaient plus sauvages que leurs bêtes, et elle a beaucoup pleuré. Comme elle maigrissait et faiblissait, ils n'en ont plus voulu. Ses parents ont été obligés de la reprendre. Ils étaient tellement fâchés contre cette grande fille qui ne voulait pas travailler qu'elle s'est vite employée à se trouver une autre place.

— Par chance, ma tante Annette a eu besoin d'une domestique pour l'aider à la cuisine. Elle m'a demandée à mes parents, qui n'ont pas dit non, au contraire. C'est elle qui a payé la voiture pour m'amener jusqu'à Paris. Ce n'est pas que j'avais très envie de venir me placer. Mais je ne voulais pas rester au village. On m'aurait renvoyée dans une ferme. Je ne suis pas mal, ici. La vie n'est pas si dure, personne n'aurait l'idée de me battre, et j'ai une chambre pour moi seule.

— Tu ne regrettes pas ta famille?

— Saint Dieu, non. Ce que je regrette, c'est le petit fiancé que j'avais à L'Isle-Adam et que j'ai dû laisser en pleurant beaucoup. Mais il m'a promis qu'il chercherait une place à Paris. J'espère toujours que je vais le voir arriver dans la cour un matin. Je lui ai juré que je lui garderais mon cœur pendant toute une année. C'est long, toute une année. Mais il devrait bien trouver l'occasion de venir me voir, vous ne croyez pas?

— Certainement, ai-je dit (et j'enviais Fanny tellement fort que j'en avais la gorge serrée). Comment est-il, ton petit fiancé?

— Pas beaucoup plus gros que vous, a-t-elle répondu en riant. Mais il est vif et plus fort qu'on ne le croit. Il n'a pas peur de se battre et il ne faut pas lui chercher d'ennuis. Il sait tout faire de ses mains, travailler le fer, tourner le bois et atteler les chevaux. Il sait même servir une messe.

— Et danser? Il sait danser?

Les yeux de Fanny se sont mis à briller.

— Je pense bien qu'il sait danser.

— Et ses cheveux? De quelle couleur sont-ils? Et ses yeux?

— Les cheveux sont noirs comme le charbon et les yeux couleur de fougère au printemps.

— Crois-tu que je l'aimerais, si je le rencontrais?

Interloquée, Fanny a laissé tomber son couteau dans les épluchures.

— Excuse-moi, ai-je dit. Je parlais pour m'amuser.

— Ce n'est pas ça, a-t-elle souri. Mais il est fils de journaliers. Quand il sera à Paris, il livrera vos courses, conduira votre voiture ou lavera les pavés de votre cour. Ce n'est pas que vous le trouverez joli ou vilain... Vous ne le remarquerez même pas. Je le dis sans méchanceté, les demoiselles ne regardent pas les domestiques.

Fanny habite une petite chambre à côté de celle d'Annette, à l'étage de service. Je n'ai pas osé le lui demander, mais j'espère avoir un jour la possibilité de lui rendre une visite. Je la trouve très amusante. Et jolie, avec ses joues larges et roses qui semblent des pétales de fleurs posés sur sa figure. Je sais bien que nous ne pouvons pas devenir amies, puisqu'elle est domestique. Mais je l'aime beaucoup, même si je ne connais pas de mot pour nommer le sentiment que j'ai pour elle.

Le soir tombait quand Marceline est revenue s'informer de mes progrès en cuisine. Avec les légumes apprêtés par sa nièce, Annette s'était mise à la préparation du repas. Je surveillais par-dessus son épaule tandis qu'elle m'expliquait comment on s'y

prend pour ne pas gâter le goût des bonnes choses.
Fanny nettoyait au fur et à mesure toute la vaisselle
qu'Annette salissait. La tempête avait beau rager
dehors, en cuisine il faisait bon et chaud.

— C'est Fanny qui s'est chargée de la suite de la
leçon, a dit Annette à Marceline en lui lançant un
coup d'œil par-dessus ses casseroles. Elle a beaucoup
jacassé. Je ne sais pas ce que Lucie a bien pu apprendre
et, si j'étais vous, je me méfierais.

Fanny a rougi.

— Les légumes, ai-je dit. J'ai appris le savon et
ensuite les légumes.

— Parfait, a approuvé Marceline. Et puisque
demain est mercredi, tu apprendras la lessive.

— C'est que je commence tôt, a dit Fanny. Si
mademoiselle Lucie veut me tenir la chandelle, il faudra qu'elle se lève avec moi.

— Je me lèverai. Mais s'il ne pleut pas, j'aimerais
beaucoup aller au parc dans l'après-midi.

— S'il ne pleut pas, a acquiescé Marceline. Et si la
lessive est terminée.

— Elle sera terminée, a remarqué Annette, elle
n'est pas si grosse. À moins que Fanny ne bavasse
toute la matinée.

— Lucie, a dit pensivement Marceline comme nous
sortions de la cuisine, il reste deux heures avant le
dîner. Nous allons pouvoir étudier.

— Mais mon père a dit que je n'avais plus besoin
d'apprendre…

Marceline a levé les yeux au ciel.

— Tu l'as mal entendu. Il m'a demandé d'entretenir tes connaissances, ce sont ses propres mots. Nous allons donc entretenir ce qu'il y a à entretenir. Et pas plus tard que maintenant.

J'étais trop fatiguée pour protester. Je l'ai suivie dans la bibliothèque. Elle m'a fait asseoir, a posé un gros dictionnaire sur la table, et c'est là qu'elle a voulu m'expliquer le sens du mot «hygiène», qui n'a rien à voir avec haleine, ni avec hyène, comme je l'avais imaginé un peu précipitamment.

— L'hygiène, a-t-elle commencé, vient d'un mot grec...

— Je t'arrête tout de suite. Mon père ne veut pas que j'apprenne les mots grecs, ni latins, ni rien qui empêche de se marier.

Marceline m'a regardée avec effarement, puis elle s'est mise à rire.

— Je ne pensais pas que tu voulais si fort te marier, m'a-t-elle dit. Je pensais que tu voulais vivre libre chez les sauvages.

— Justement. Qu'ai-je besoin de mots grecs pour vivre libre?

Elle a cessé de rire.

— Vivre libre est malheureusement un bonheur qui se mérite. Une jeune personne tout à fait ignorante sera incapable de se débrouiller seule.

— Admettons. Mais, même ainsi, pourquoi faut-il que je connaisse l'hygiène? Il me serait plus profitable d'apprendre à monter à cheval.

— Pas du tout. L'hygiène est l'art moderne de se garder des maladies et de conserver une bonne santé.

Ce qui est aussi précieux chez les personnes civilisées que chez les Indiens d'Amérique. Quant à monter à cheval, je ne me fais pas de souci. Regarde tous ces gens sans talent particulier qui y réussissent très bien. Le jour venu, tu ne seras pas plus sotte qu'une autre. On te hissera dessus et tu trotteras.

– Dans ce cas, je veux bien apprendre l'hygiène. Mais il faut me promettre que tout ce que j'apprendrai me servira le jour où je partirai vivre chez les sauvages.

– Je te le promets, a dit Marceline avec une grande solennité. Et même si tu n'en es pas convaincue sur l'instant, il faut que tu me fasses confiance.

Voilà comment ont débuté mes leçons avec Marceline. Après l'hygiène, nous avons étudié un peu de géographie. Pour me plaire, elle a ouvert l'Atlas à la page des continents. J'ai mesuré les mers qui les séparaient et calculé le temps nécessaire pour les parcourir. L'Amérique est lointaine, mais pas inaccessible. Vingt jours peuvent suffire à traverser l'océan. Tout dépend de l'endroit où l'on veut accoster. J'ai fait au plus rapide, j'ai choisi ce qu'il y avait de plus direct : Boston.

Le soir, en me couchant, j'ai pensé que Marceline ne m'avait pas trompée. Je pouvais espérer beaucoup de quelques bonnes études. Suffisamment en tout cas pour gagner l'Amérique et y vivre en bonne santé. Je me suis endormie épuisée et pleine de confiance, parfaitement oublieuse de mes projets de blanchisserie.

CHAPITRE CINQ

De l'entretien du linge

Il gelait horriblement et la nuit était toujours terriblement noire quand Marceline m'a tapée sur l'épaule. Demain était aujourd'hui. Déjà.

— Tu as promis de te lever, m'a dit Marceline quand je me suis retournée sur le côté en grognant.

— Il est trop tôt.

— Il est sept heures. Fanny est au travail depuis plus d'une heure.

Je me suis levée à regret. Le froid m'a saisie d'un bloc, m'attrapant de la tête aux pieds, me coupant la respiration. Sans même ôter mes dessous de coton, je me suis glissée dans ma chemise de laine, puis dans ma robe. J'ai mis un paletot sur mes épaules, et à mes pieds des chaussettes épaisses. J'ai pris garde à ne pas faire de bruit en sortant de ma chambre. Les escaliers étaient encore plongés dans l'obscurité.

Quand j'ai poussé la porte de la buanderie, il m'a semblé que j'entrais en enfer. Bras nus, les joues écarlates, les cheveux relevés sur la tête, attachés à la diable, Fanny tournait un long bâton dans une lessiveuse de zinc. Un nuage de vapeur grise l'environnait.

Des monceaux de linge grossièrement entassé au sol gisaient autour d'elle.

— Faites attention où vous mettez les pieds. J'ai trié tout à l'heure, ce serait malheureux que vous mélangiez.

Voisinaient par terre le carrément dégoûtant, le très crasseux, le juste sale et l'à peine taché. Le gros solide était séparé du fragile léger, le lin du coton, la laine de la soie. J'allais apprendre que le linge n'est pas un tout, mais une diversité. Que les saletés sont nombreuses et méritent des attentions différentes. Et que, selon les étoffes et leur degré de souillure, il y a mille manières de s'y prendre. À les confondre, on risque de tout abîmer. Et rien n'est plus grave, dans une maison sérieuse, que d'user son linge avant terme.

Il y avait celui qu'on fourre dans la lessiveuse et qui mijote longtemps dans son savon. Celui qui se détache tout seul dans une solution froide d'ammoniaque et de soude. Celui qui veut de fines caresses au chiffon et celui qui exige de rudes brossages. Celui qu'on rince une fois et celui qu'on rince trois fois. Celui qui demande l'essorage et celui qui le refuse. Enfin, à courir de la lessiveuse aux éviers, à passer de la brosse dure à l'éponge, non seulement j'étais en chemise au bout de dix minutes, mais j'avais les mains brûlées, les yeux irrités et la peau du visage à vif.

— Et celui-là? ai-je demandé à Fanny en désignant un tas de chiffons colorés qu'elle avait remisé dans un coin de la pièce.

— La blanchisseuse passera les prendre demain, a répondu Fanny. Ce sont les chemises des hommes et les belles pièces de madame. Elle a peur que je les gâche.

À force de nous donner du mal, nous avons réussi à entasser un bon paquet de linge propre et humide dans une caisse en bois clair.

- Il va falloir le monter à pendre, dit Fanny. Si vous voulez m'attendre ici, je vais l'accrocher au grenier.

– Par ce froid? Il va geler...

– Il finira bien par sécher. À défaut de chaleur, on a du vent. Sous le toit, c'est plein de courants d'air.

Fanny a saisi la caisse.

– Je viens avec toi, ai-je dit, je vais t'aider.

– Vous en êtes sûre?

Fanny avait l'air inquiète. J'ai attrapé un côté de la caisse, elle a pris l'autre, et nous sommes sorties de notre bain de vapeur pour grimper dans les étages. Fanny était en tablier, j'avais remis ma robe sans prendre la peine de la boutonner. Et c'est dans cet équipage, agrippées chacune à notre côté de caisse, que nous avons croisé ma mère.

Ce fut un hasard malheureux. Nos chemins n'auraient pas dû se rencontrer. Nous nous dirigions vers l'escalier de service qui permet aux domestiques de monter les étages sans croiser les patrons. Mais, sortant de la buanderie qui se trouve au sous-sol, nous étions obligées de traverser le hall d'entrée pour en rejoindre l'accès. Et c'est là, dans ce petit espace, que nous sommes tombées nez à nez, elle en peignoir japonais, peint de papillons multicolores, moi en souillon, couleur tomate et à moitié vêtue.

— Lucie?

C'était une question. Elle voulait savoir si elle devait reconnaître sa fille dans cette personne suante et hirsute. J'aurais dû répondre non. Peut-être m'aurait-elle crue sur parole, elle aurait continué son chemin. Mais je n'ai pas eu l'esprit nécessaire. Fanny et moi nous sommes immobilisées, comme des voleurs pris sur le fait par la gendarmerie. Notre silence valait un aveu.

— Lucie! a répété ma mère.

Cette fois, pas de doute possible, elle m'avait reconnue et, clairement, elle n'en éprouvait aucune satisfaction.

— Qu'est-ce que tu fais dans cet accoutrement? Tu es devenue folle?

— J'apprends la blanchisserie, ai-je murmuré. Pour savoir tenir une maison. Pour me marier. J'obéis aux ordres de mon père.

— C'est bien ce que je pensais. Tu es folle. Tu vas lâcher cette caisse ridicule et remonter t'habiller. Quand tu seras vêtue convenablement, tu passeras me voir dans ma chambre.

Elle m'a tourné le dos dans un envol de papillons. Fanny m'a regardée, les yeux écarquillés.

— Bon Dieu, a-t-elle dit. J'en connais une qui va se faire sonner les cloches.

— Qui? Moi?

— Vous? Vous en serez quitte pour un petit sermon. C'est à moi qu'on va tirer les oreilles, si vous voulez ma pensée.

— Je te défendrai, ai-je assuré.

— C'est bien gentil de votre part de le dire. Mais j'aime autant que vous ne vous en mêliez pas. Je risque ma place, moi.

Je me suis habillée avec beaucoup de soin, j'ai passé ma figure à l'eau et tenté de discipliner mes cheveux. Si je voulais défendre Fanny, la première chose à faire était de faire oublier mon allure de Cendrillon. Je suis partie hardiment affronter ma mère. Mais quand je me suis présentée dans sa chambre, ce n'est plus après moi qu'elle en avait. Elle avait entrepris de semoncer Marceline, qui l'écoutait en silence, toute droite, les yeux au sol, la bouche pincée.

— Quoi qu'ait pu dire mon mari, il n'entendait certainement pas que sa fille fasse le travail de la bonne. S'il faut vraiment qu'elle connaisse la blanchisserie, elle s'installera sur un banc et elle regardera. Et ce sera la même chose pour tout ce qui concerne la maison. Je vous interdis de la laisser jouer avec les domestiques. Vous m'écoutez ? Je vous l'interdis formellement.

J'ai cru bon d'intervenir.

— C'est ma faute, ai-je dit. J'ai voulu travailler avec Fanny.

— Dans ce cas, c'est Fanny qui n'aurait pas dû te laisser faire.

Marceline m'a lancé un regard furieux. Je venais de laisser passer une bonne occasion de me taire. Fanny avait raison : à trop parler, j'aggravais les choses.

— Fanny est une sotte, a dit ma mère.

J'ai serré les lèvres, et les larmes me sont montées aux yeux.

— Fanny n'y est pour rien, a remarqué froidement Marceline. Je suis entièrement responsable et je vous présente mes excuses.

Ma mère nous a considérées l'une et l'autre avec des yeux pleins de suspicion.

— C'est bon pour cette fois, a-t-elle dit. Vous avez de grandes qualités, Marceline, mais aussi des idées parfaitement incongrues, excessives, et dont vous devriez vous méfier. Quant à toi, Lucie, tu vas sur tes quatorze ans, il est plus que temps d'apprendre les manières civilisées.

Elle s'est interrompue un instant, avant d'ajouter :

— J'ai fait demander à madame Sponze de passer te prendre les mesures. Nous allons te faire faire une robe et un manteau.

Il n'était pas encore midi et ma mère se souciait de mes manières, de mon allure. En temps normal, je me serais méfiée de tant de sollicitude. Mais je suis une âme faible. À la perspective d'avoir de jolis vêtements neufs, mes craintes et ma tristesse se sont évanouies d'un coup.

— Oh merci ! Pourrai-je choisir les couleurs ?

Elle m'a fixée du regard, m'évaluant de la tête aux pieds.

— Ne sois pas stupide, Lucie. C'est moi qui déciderai, évidemment.

Mandée à midi, Mme Sponze n'a pas lambiné. Une heure plus tard, elle se présentait devant chez nous, son mètre dans la poche, ses échantillons de tissus dans le panier. Elle ne mit pas plus de trois jours pour ébaucher ma robe. Au matin du quatrième, elle se présentait pour les essayages, un premier bâti plié dans son panier.

CHAPITRE SIX

Des avantages du beau jardin

Et j'en suis là, à piétiner dans le salon glacé, finissant de reboutonner ma robe. Je contemple avec désespoir le jardin sur lequel la pluie n'a cessé de verser depuis le matin. C'est alors que, sous mes yeux, le miracle se produit. Une boutonnière s'ouvre dans le ciel. L'étoffe noire des nuages s'écarte sur un tout petit pan de ciel clair, par lequel se glisse un rayon de soleil qui pointe jusqu'à nous. Le vent qui soufflait si fort tout à l'heure a perdu de sa violence. Il est retombé et les oiseaux qui gelaient sur le dallage secouent leurs ailes. Je fais comme eux. Je frémis.

— Marceline! Il fait beau!

Marceline lève un regard distrait sur les vitres de la véranda.

— De fait. On dirait que le jour va se lever.

— Marceline! On peut aller au beau jardin!

Elle observe le ciel, elle m'observe. Elle n'a pas grande confiance dans le retour du beau temps. Mais elle estime à raison qu'on ne me tiendra plus long-temps cloîtrée dans la maison.

— C'est bon. À condition que tu chausses des bottines montantes et que tu emportes un châle.

J'emporterais mes draps de lit si elle me le demandait. Je suis prête à tout pour sortir. Je m'ennuie tellement à rester dans la maison. Je redoute la monotonie et l'enfermement, bien plus que la pluie et le froid. Si j'avais le choix, je sortirais tous les jours que Dieu fait, quel que soit le climat qu'Il leur donne. Rien ne me plaît autant que le bruit de la ville, les cris des marchands et le désordre des voitures dans les rues. J'aime sentir le ciel au-dessus de ma tête, et les maisons autour de moi. J'aime marcher dans les avenues, me perdre dans le nombre, regarder les visages que je croise et au milieu desquels je finis toujours par reconnaître quelqu'un. Marceline se moque de moi, disant que je connais beaucoup de monde en ville. Mais je crois, moi, qu'il suffit de regarder. Ceux qui ne rencontrent jamais personne en promenade ne sont pas plus seuls que les autres. Ils ont leurs yeux dans les poches.

Marceline exige que je marche sagement à côté d'elle. Je n'ai plus l'âge, dit-elle, de courir dans les allées du parc. Pour résister à la lenteur de son pas, j'ai mis au point une manière de marcher particulière, qui associe à chaque enjambée une espèce de petit saut. Il s'agit d'une marche très amusante, qui chasse les fourmis que j'ai dans les jambes. Et je me moque bien d'avoir une allure un peu spéciale.

Nous ne sommes pas entrées dans le parc depuis trois minutes que j'entends qu'on m'appelle. Absorbée par la marche sautillante, je fais celle qui n'entend rien. Je laisse venir. Une main se pose sur mon épaule.

Avant même de me retourner, je sais que voilà Jacques. Je reconnaîtrais sa voix en mille, au milieu du bruit tempétueux des vagues, au milieu des cris des oiseaux.

— Lucie, me prévient Marceline, que son indifférence à l'art de la marche laisse libre de se mêler de tout. C'est Jacques.

— Je t'ai repérée tout de suite, dit Jacques.

Je me tourne vers lui, un sourire gracieux sur les lèvres.

— Tu marches d'une drôle de façon.

Je connais Jacques depuis deux ans. En somme, depuis qu'il habite chez ses parents, à Paris. Il vivait avant en Normandie, dans un pensionnat dont il ne revenait que toutes les trois semaines. Nous avons fait connaissance au parc, et c'est au parc que nous nous rencontrons. Jacques est presque un jeune homme, mais il apprécie les mêmes activités que moi. Il n'aime rien autant que regarder les insectes au sol et les herbes curieuses. Il arrive qu'il veuille bien s'agiter et courir, mais c'est rare. Tout ce qui demande un effort physique l'essouffle rapidement. Il devient tout rouge, puis très pâle et il faut l'allonger pour qu'il retrouve une couleur normale. Aussi, quand j'ai besoin de courir, il m'attend assis sur un banc. Il converse longuement avec Marceline qui estime qu'il est fin et intelligent. Elle a, pour parler de lui, un sourire plein d'amitié. Je devrais me trouver heureuse qu'elle complimente mon ami. Malheureusement, je ne peux pas me défendre d'un peu de jalousie. J'aimerais tellement qu'elle ait ce même sourire en parlant de moi. Mais il me semble certain qu'elle n'a pas, pour Jacques et pour moi, les mêmes sentiments. Disons qu'elle admire Jacques et qu'elle ne m'admire pas tellement.

Réveillées par la pluie, de grosses limaces noires sont sorties de terre. On en voit partout, sur les pelouses et au bord des allées. Elles luisent, gonflées d'eau, prêtes à éclater. Elles se traînent en laissant derrière elles de longs sillages scintillants. Je me demande où se cachent les limaces quand il ne pleut pas. Elles dorment sans doute à l'abri des pierres, toutes sèches et ratatinées.

Les enfants stupides qui peuplent le parc les piquent au bout de petits bâtons et se poursuivent en hurlant, brandissant leurs lances, se menaçant les uns les autres. Les filles font semblant d'avoir peur, les garçons d'être méchants. Ils sont tous ridicules. Quiconque me menacerait d'une limace plantée sur une branche, je ne m'enfuierais certainement pas en piaillant. J'irais vers lui et je lui flanquerais une grande claque dans la figure.

— Si l'un de ces imbéciles s'approche, dis-je à Jacques, il va le regretter.

Jacques ne me répond pas. Il n'aime pas qu'on blesse les animaux. Même les fourmis, même les escargots (et je ne dis rien des chats et des oiseaux). Les jeux idiots et cruels lui déplaisent tant qu'il ne veut pas en entendre parler.

Quand Jacques n'aime pas une chose, il s'exerce à l'ignorer et s'efforce d'agir comme si elle n'existait pas. C'est une attitude qui demande un bon entraînement, surtout aux gens sensibles qui remarquent tout et comprennent beaucoup (pour ceux qui ne voient rien, c'est évidemment beaucoup plus facile). Ce n'est pas que Jacques soit dédaigneux, mais il est obligé de se tenir toujours à l'écart. S'il devait tout partager avec les autres enfants, il souffrirait trop.

C'est d'ailleurs pour cette raison que ses parents l'ont retiré du pensionnat. Jacques n'était pas fâché, au départ, à l'idée de porter un bel uniforme à boutons dorés ni de partir étudier avec d'autres petits garçons. Mais la quantité de sottises et de brutalités qu'il lui a fallu ignorer a rapidement eu raison de lui. Il faisait tant d'efforts pour se protéger qu'il est devenu complètement stupide.

– Ce garçon était pourtant loin d'être bête, a remarqué son père au bout d'un an de pensionnat. Mais, depuis quelque temps, il n'y a plus moyen de lui tirer un mot. On dirait qu'il a désappris à parler.

– Je n'aime pas cette façon qu'il a de regarder dans le vide à longueur de journée, a approuvé sa mère.

Malheureusement, pendant les trois mois de vacances d'été, le pauvre Jacques a repris de la vigueur. Rassurés, ses parents l'ont renvoyé en Normandie. Il n'était pas arrivé depuis quinze jours qu'il s'est mis à souffrir d'étouffements. Ce qui n'était pas si mal joué. À force de le ramasser à demi asphyxié, de le confiner dans une chambre chauffée et de surveiller ses moindres hoquets, le pensionnat n'a plus voulu de lui. Ce garçon exigeait trop de soin. On l'a rendu à sa famille.

— En voilà un qui ne sera pas général, en a déduit son père.

Débarrassé de la perspective d'une carrière dans l'armée, Jacques a rejoint un lycée très calme qu'il quitte le midi à l'heure du déjeuner et le soir à l'heure du goûter.

Quand je suis avec Jacques, je le protège. La protection est une activité agréable, surtout quand elle s'adresse à Jacques, qui est un aimable protégé. Il ne cherche pas à paraître plus fort qu'il n'est. Il ne s'estime pas vexé que je sois plus jeune que lui.

Pour échapper aux chasseurs de limaces, je l'entraîne dans le carré des nourrices, qui se réunissent au pied des statues et parlent entre elles pendant des heures en secouant distraitement leurs voitures d'enfant. Elles détestent être dérangées dans leurs bavardages et ont en horreur les grands enfants qui hurlent et réveillent leurs bébés. En comparaison, elles nous trouvent admirablement raisonnables et nous laissent nous asseoir sur les coins de bancs. Marceline n'a pas pour habitude de fréquenter les nourrices. Elle s'installe à l'écart sur une chaise.

J'ai longtemps cru que, à l'exception des gens de ma maison, Marceline ne connaissait personne. Je me trompais. Elle a des amies, qu'elle retrouve au parc. De grandes jeunes femmes auxquelles je trouve l'air bien sévère et bien élégant. Elles louent des chaises à la chaisière et s'installent tout près de Marceline. Elles parlent longtemps, sans se soucier de ce qui les entoure. On jurerait qu'elles ont des choses très

importantes à se dire. Parfois elles s'offrent des macarons, qu'elles sortent de petites boîtes en carton, souvent elles échangent des livres et des journaux.

Quand Marceline est en compagnie, j'hésite à la
déranger. Je suis intimidée, j'ai peur d'être indiscrète.
C'est aussi qu'elle ne veut pas que je m'occupe de ses
affaires. Les rares fois où je lui ai demandé qui étaient
ces personnes avec lesquelles elle semblait si bien
s'entendre, et depuis combien de temps elle les
connaissait, et pourquoi je ne les voyais jamais à la
maison, et de quel sujet elles avaient bien pu parler si
longuement, Marceline m'a ri au nez en me traitant
de curieuse. Je lui ai rétorqué que je serais moins
curieuse si elle était moins mystérieuse.

CHAPITRE SEPT

Des projets de mariage

— Jacques, connais-tu une jeune fille qui voudrait se marier?

Des hautes branches, de fines gouttes d'eau glacée nous tombent droit sur le crâne. Nous sommes si serrés au bout de notre banc que nos cuisses sont obligées de se toucher. Jacques s'en moque et moi aussi. Nous sommes assez bons amis pour partager sans gêne la chaleur de nos cuisses.

— J'en connais plusieurs. Pourquoi?

— Parce que j'ai, moi, un homme à caser.

Jacques me regarde un instant, il a de grands yeux sombres et attentifs.

— Quel genre d'homme?

— Banal. Ni jeune ni vieux. D'une taille et d'une laideur moyennes...

— De quelle famille?

— La mienne.

— Ton frère?

— Mon frère.

Jacques regarde en silence le bout de ses souliers. Il

essaie toujours d'être le plus honnête possible, ce qui le contraint à réfléchir avant de répondre.

— Je vois bien ma cousine Blanche... Mais il faudrait pour cela que les familles se connaissent. Et je ne sais pas si...

— Si?

— Si mes parents recevraient les tiens. Ils fréquentent toujours les mêmes têtes et refusent absolument d'en rencontrer de nouvelles. Mon père dit qu'à son âge, s'il n'a pas été présenté à une personne, c'est qu'il y a de bonnes raisons à cela. Quant à ma mère, elle jure qu'elle ne connaît rien de si ennuyeux que les inconnus, et que sa famille est suffisamment étendue pour l'occuper jusqu'à sa mort.

— Ce n'est pas grave. Mes parents adorent les nouvelles connaissances. Pourvu qu'elles soient de bonne famille, influentes ou fortunées. Quand elle déniche une nouvelle connaissance possible, ma mère l'inonde de cartes jusqu'à ce que la pauvre se rende et accepte de venir dans son salon à l'heure du thé. Crois-tu que tes parents sont suffisamment influents et fortunés pour les cartons de ma mère?

Jacques hoche la tête d'un air désolé.

— Mes parents sont horriblement influents et fortunés. Ce qui fait qu'ils sont aussi horriblement snobs.

— C'est parfait. Elle sera ravie de les inviter.

Jacques me regarde avec commisération.

— Tu n'as pas compris: c'est tout le problème. Ils ne viendront jamais.

Je n'avais jusqu'alors jamais pensé à la famille de Jacques. Je me représentais ses parents à l'image des miens, et sa maison pareille à la mienne, avec sa cour pavée, ses murs de pierre grège et son jardin carré sur l'arrière. Il est très facile, dans les rues, de distinguer les enfants riches des enfants pauvres, lesquels sont sales et ont la figure misérable. Mais, au beau jardin, tout le monde se ressemble. Ceux qui s'y retrouvent portent les mêmes vêtements et jouent aux mêmes jeux. Les plus jeunes ont tous une nourrice et les plus grands une gouvernante. Comment imaginer que les familles puissent être ne serait-ce qu'un tout petit peu dissemblables les unes des autres ?

— Très bien, dis-je, décontenancée, s'ils ne veulent pas faire d'eux-mêmes l'effort de se rencontrer, nous saurons inventer le moyen de les y obliger.

— Si tu veux, fait Jacques.

Il n'a pas l'air enthousiasmé.

— Si nous marchions un peu ? J'ai froid. Mes mains sont toutes bleues.

Je prends ses mains dans les miennes. Ses doigts longs et minces sont comme des bâtons de glace. Je me lève, je le hisse et l'emmène promener le long des allées.

— Veux-tu que je t'apprenne une manière intéressante de se réchauffer ?

— Ta marche ?

— Oui. Elle est amusante et elle réchauffe très bien. Tu avances d'un pas, tu t'arrêtes et tu fais un petit saut sur le côté. Tout le secret est d'enchaîner tout ça très vite, d'une manière presque insoupçonnable. Vas-y, essaie. D'abord tu fais le pas...

Jacques s'exerce. Il fait de son mieux, mais il faut

reconnaître qu'il n'est pas très doué. On dirait un moineau qui sautille sur un tapis de braises. J'espère que j'y mets plus d'élégance.

— Pourquoi ne l'invites-tu pas, toi? demande Marceline un peu plus tard, comme nous sommes sur le chemin du retour. Ce serait un début.

— Crois-tu que ses parents le permettraient?

— Tant qu'il s'agit de distraire leur fils et qu'on ne leur demande rien, ils n'y mettront pas d'obstacle. Et Jacques est un jeune homme. Il a l'âge de décider seul de ses visites.

Marceline répond sans hésitation, comme si elle connaissait ça par cœur, les familles influentes, fortunées et terriblement snobs.

— Nous avons parlé plus d'une fois de sa famille, tous les deux sur notre banc, quand tu galopais et que nous t'attendions.

— Et tu ne m'en as jamais rien dit?

— S'il veut t'en parler, c'est à lui de le faire.

Elle m'énerve, à la fin. Et je me fiche bien de la famille de Jacques, qu'elle aille griller en enfer. Si je n'avais pas un si grand besoin de sa cousine Blanche pour lui marier mon frère, je m'en désintéresserais totalement.

— Sois gentille, Marceline. Dis-moi ce que les parents de Jacques ont de si précieux et de si particulier, afin que je le sache une bonne fois pour toutes et que nous n'en parlions plus jamais.

— Très bien: sa mère est cousine du comte de Paris...

— Mais je croyais que Paris n'avait plus de comte, ni de roi ni d'empereur et que nous n'avions plus désormais que de modestes présidents de la République...

— Mais la République n'interdit pas aux nobles de porter leurs titres. Et si le comte de Paris n'a plus le pouvoir d'être roi, il garde le droit de se faire appeler comme ça lui chante. Quant au père de Jacques, l'arbre de ses origines remonte si haut qu'il pourrait s'y pendre haut et court. Ses ancêtres ont fait les croisades avec saint Louis.

— Quelle importance, Marceline? Tout cela est si vieux. Qui se soucie des cousins et des ancêtres et de saint Louis qui est mort depuis la nuit des temps.. Qu'est-ce qu'ils font, eux, qui les distingue des autres gens?

— Ils ne «font» pas, Lucie, ils «sont». Ce qui leur suffit.

— Je ne te crois pas.

— En veux-tu la preuve? Parle à ta mère de la famille de Jacques. Tu verras bien toi-même ce qu'elle en dira.

Je n'ai aucune envie de parler de Jacques à ma mère. Je pourrais peut-être me confier à Fanny. Encore que je doute qu'elle soit impressionnée par un garçon qui professe son horreur de la bagarre et a des mains de jeune fille. Quant à la cousine du roi ou le descendant d'un obscur croisé, ils vivent trop loin de L'Isle-Adam pour l'intéresser. Quant à disserter sur ce qui distingue ceux qui «sont» de ceux qui «font»... Elle me rirait au nez. Reste que si je veux inviter Jacques chez moi et rapprocher nos deux familles, il faudra bien que j'en touche un mot à mes parents.

Pourquoi attendre? Le soir même, je lance l'offensive. À peine sommes-nous installés à table que je prends la parole.

— J'aimerais inviter un ami que j'ai rencontré au parc.

Ni mon père ni mon frère ne lèvent le nez de leur assiette. Marceline sourit.

— L'inviter chez nous. Un après-midi.

— Quel besoin de passer dans la maison des heures que tu passes aussi bien dehors? soupire ma mère. Avec un inconnu, qui plus est. Vraiment, Lucie, quelle proposition saugrenue!

J'ignore sa remarque. La pauvre ne sait pas encore de quoi elle parle.

— Il n'est pas si inconnu. Marceline connaît son nom. N'est-ce pas, Marceline? Comment s'appelle-t-il?

— D'Argenton de Nevers.

La cuillère de mon père fait un bruit très net en cognant contre son assiette.

— Vous pouvez répéter, Marceline?

— Jacques d'Argenton de Nevers.

— C'est une plaisanterie, remarque Achille en s'essuyant la bouche. Ou alors il n'a pas plus de quatre ans.

— Mais non, dis-je, il a quatorze ans.

— Dans ce cas, grommelle Achille, il est étonnant

qu'on le laisse traîner dans le parc en n'importe quelle compagnie.

Ma mère n'a encore rien dit. Elle me couve d'un regard interrogatif.

— Ne sois pas désagréable, Achille.

Je crois bien qu'elle est impressionnée. C'est la première fois qu'elle prend ma défense contre mon frère.

— Si ce jeune homme s'intéresse à Lucie, je ne vois pas ce que tu as à y redire. Et je ne vois pas pour quel motif nous ne l'inviterions pas à passer quelques heures chez nous. Il pourrait peut-être même avoir l'idée de nous présenter sa famille. Qu'en dis-tu, Lucie?

— Je ne connais pas ses parents. Je pensais juste l'inviter quelques heures ici pour jouer avec moi.

— La petite n'a pas tort, intervient mon père. Qu'elle l'invite! Nous aurons tout le temps, plus tard, de rencontrer les parents.

— Tu as notre autorisation, Lucie, dit ma mère. Le jeune d'Argenton est le bienvenu. Et rappelle-moi de presser madame Sponze pour qu'elle termine ta robe. Je suis fatiguée de te voir dans des vêtements disgracieux.

Achille a repoussé son assiette devant lui. Il arbore son sourire méprisant, celui que je hais parmi tous ses mauvais sourires, plus encore que le sourire hypocrite, plus encore que le sourire carnassier.

— Elle est un peu jeune pour qu'on la fiance. Et je ne crois pas que les grandes familles que vous admirez tant accordent beaucoup de crédit aux petites amies de parc. Vous êtes bien naïfs si vous espérez pêcher le fils pour appâter les parents.

— Voyons Achille, répond sèchement mon père, les choses ne sont plus ce qu'elles étaient. On a vu des fils de France épouser des filles de bourgeois.

Achille ne se donne pas la peine de répondre. Il baisse les yeux sur son assiette et reprend sa soupe là où il l'avait laissée. Les alliances ne l'amusent pas, ni les liens romantiques que les bourgeois entretiennent avec les aristocrates. Mon frère se situe bien au-dessus des misérables ambitions de mes parents. En tout cas, c'est ce qu'il semble vouloir nous laisser croire. Quand je pense que je m'épuise, moi, à vouloir le marier à une sorte de princesse... Mais mes parents l'ignorent. Derrière leur air affable, ils dissimulent à grand-peine leur satisfaction.

À l'autre bout de la table, Marceline a perdu son air ravi. Il est clair que cette conversation la désole. Moi-même, tout à coup, je me sens toute triste. Je viens d'obtenir la permission d'inviter Jacques. Mais à quel prix ? Jacques les intéresse comme les intéressent les actions du chemin de fer en Algérie, une invitation chez une stupide duchesse à la figure vérolée ou un article flatteur dans un journal tout gris. Ils ne pensent qu'à se servir de lui, comme ils ne pensent qu'à se servir de moi. Ils ne se soucient que d'améliorer la qualité de leurs mondanités. Je regrette de leur avoir parlé. J'ai l'impression d'avoir sali quelque chose de précieux, d'avoir piétiné une étoffe rare avec des bottines pleines de boue.

Chapitre Huit

Des conséquences de la fidélité

Mes parents ont de nombreux défauts, mais je leur connais une qualité. Ils oublient vite. C'est tout juste si ma mère mentionne une ou deux fois le nom de Jacques et mes projets d'invitation. Devant mon peu d'enthousiasme, elle abandonne. Sans doute pense-t-elle que nous ne sommes pas si bons amis, que Jacques a décliné ma proposition, que ses parents ont fait opposition. Mon triomphe familial aura été de courte durée. Nos repas se déroulent de nouveau dans le silence. Achille ne m'adresse plus un regard. Et ce n'est pas plus mal.

Marceline, en revanche, a de la mémoire. Elle entreprend de m'enseigner l'histoire de France en s'appuyant sur la généalogie d'un d'Argenton de Nevers. Nous apprenons les croisades et saint Louis, et je suis bien affligée de savoir que le roi est mort en terre étrangère sur un lit de cendres. Nous étudions ensuite la prise de la Bastille et tous les terribles événements qui l'ont suivie. Marceline refuse que je me désole encore de la mort d'un roi. Elle accepte que je sois triste de la mort de son petit garçon, mais il faut que je m'arrête là. Elle m'assure que seules les sottes s'attristent de la mort des rois. Ensuite, elle parle de notre empereur Napoléon qui ne pensait qu'à faire la guerre, des deux rois cupides qui ont régné quand mes parents étaient petits, et de cet autre misérable Napoléon qui est venu après et qui a donné ses médailles à mon père.

— Vraiment, dis-je, on dirait que tu n'aimes personne. Pas plus les empereurs que les rois. À t'écouter, on croirait qu'ils ne pensent à rien d'autre qu'à faire la guerre et à affamer les pauvres gens.

— Je ne les aime pas, c'est vrai.

— Tu n'aimes personne.

— Si, mais de ceux que j'aime, on ne se souvient pas. Ils ne gagnent pas les guerres, ils sont les premiers auxquels on coupe le cou et que l'on jette en prison. Ma sympathie va à ceux qui aiment le peuple, pas à ceux qui le tyrannisent.

— Marceline, dis-je (et je ne suis pas mécontente de moi), tu es une horrible socialiste.

Elle éclate de rire.

— Que sais-tu des socialistes, mademoiselle je-sais-tout?

— Je sais que mon père les déteste. Il jure que, s'il ne tenait qu'à lui, on les enverrait tous au bagne afin qu'ils y fassent des révolutions entre eux et sans contrarier personne. Es-tu une horrible socialiste, Marceline? Sois gentille, dis-moi la vérité…

Marceline réfléchit. Elle se lève et referme lentement les livres qu'elle empile sur une étagère de la bibliothèque.

— Je te dirai la vérité quand tu seras en âge de la comprendre. Pour le moment, je préfère que tu étudies sérieusement et que tu consentes un effort pour te souvenir de ce que tu lis.

— Tu sais bien que je fais des efforts...

— Dans ce cas, continue.

Ce ne sont pas les parents de Jacques qui sont snobs, c'est elle. Elle me cache tout, de ces amies qu'elle retrouve au parc comme de ces idées socialistes qui semblent si amusantes puisqu'elles exaspèrent mon père. Elle me désespère avec sa manie du secret.

Depuis quelque temps, le ciel est plus clément. Nous avons du soleil presque tous les jours. J'attends le milieu de l'après-midi pour me rendre au parc. Le reste de la journée, je traîne dans les jambes de Fanny et d'Annette qui m'interdisent rigoureusement de m'employer à quoi que ce soit.

— Ah non! proteste Fanny. Si c'est pour me faire tirer les oreilles par madame, j'aime autant que vous alliez vous amuser ailleurs. Chacun sa place et les vaches seront bien gardées.

— Qu'est-ce que tu me parles de vaches? Je veux juste préparer des pâtés avec toi. Laisse-moi au moins me servir du hachoir.

— Oui, mais c'est non. Si vous y tenez tant, asseyez-vous et regardez. Mais ne touchez pas. Gardez vos pattes sur vos genoux!

— Fanny, personne n'en saura rien.

— Laissez-moi travailler, je vous dis. Et lâchez ce jambon!

Je veux bien regarder, mais je m'ennuie vite. À vrai dire, je m'ennuie tellement que je finis par demander à Marceline de me donner des livres. Puisque personne ne veut rien m'apprendre, j'étudie seule le matin. J'apprends par cœur toute une liste de mots latins. Je lis l'Atlas dans tous les sens et je m'exerce à remplir les cartes muettes. J'ai beau me répéter que je prépare ma future vie aventureuse, jamais mon avenir ne m'a semblé aussi brumeux. Et, pendant ce temps, le mariage de mon frère n'avance pas.

— J'ai posé des questions, me dit Jacques alors que nous sommes à plat ventre au bord du bassin à essayer de voir les poissons glisser dans l'eau verte. Ma cousine Blanche n'a toujours pas trouvé de parti. Ma mère pense qu'elle est trop excentrique. Pour mon père, le problème est qu'elle a le nez trop long.

— A-t-elle une naissance ?

— Oui, et belle. Elle est de Montmorency par sa mère.

— Ah bon ?

Je cherche à apercevoir ces jolis poissons orangés que l'on voyait par dizaines l'année dernière. Ils ont dû geler cet hiver. On ne voit que d'horribles petites créatures grises qui vont en bande et pullulent dans la vase.

— Elle s'installe à Paris jusqu'à l'été. Elle habitera chez mes parents. Tout le monde espère qu'elle trouvera dans la capitale le mari qu'elle n'a pas su attraper sur ses terres.

— Je te rappelle que mon frère est à prendre.

— Et que nous sommes incapables d'organiser la capture, si tu te souviens bien.

Maintenant que je sais que Jacques est malheureusement un peu plus que Jacques, je n'ose plus l'inviter. Je me dis que, à sa place, je refuserais. J'aurais peur de mon nom. Je me méfierais des parents et de leurs manigances. Par chance, Marceline est moins sotte que moi. Un soir, alors que nous quittons le parc, elle lui propose de passer nous chercher, chez moi, avant de partir en promenade. Le visage de Jacques s'éclaire. On jurerait qu'il n'attendait que cela.

— Volontiers, dit-il. Demain, si vous voulez. Le samedi, nous quittons plus tôt le lycée.

Il écarte devant Marceline la petite grille de fer qui ferme l'accès au jardin et nous nous quittons sur ce projet. Les choses paraissent soudain si faciles que j'en reste muette.

De retour à la maison, j'attends que Marceline avertisse ma mère de l'imminence d'une aussi prestigieuse visite. Mais elle est plus habile que moi. Elle fait comme si de rien n'était. Je prends modèle sur elle et je me tais. À quoi bon se répandre? À l'heure à laquelle Jacques viendra nous chercher, il est fort probable que mon père sera parti pour la Chambre et que ma mère se reposera dans la sienne. Il faudrait être sotte pour créer de vaines agitations. Marceline a raison: il suffit d'agir simplement pour que les situations les plus compliquées se clarifient. Et pour cela, le silence est souvent plus profitable que la parole.

Le plus beau, c'est que tout se déroule comme nous l'avions prévu. À peine sorti de table, mon père demande sa voiture pour partir. Ma mère court s'enfermer dans sa chambre. Achille se réfugie dans la bibliothèque, où il prétend travailler, mais où je crois bien qu'il ronfle. Quant à moi, je me poste devant la fenêtre du salon, qui donne un excellent point de vue sur la cour.

Trois heures viennent de sonner quand Jacques pousse la porte cochère. Il n'a pas eu le temps d'arriver au perron que je me précipite à sa rencontre. Ce Jacques-là ressemble à celui du parc, mais il offre avec lui de subtiles différences. Il paraît à la fois plus fort et plus fragile. Plus fort parce qu'il arrive seul, comme un homme, peigné de frais et portant ses gants à la main. Plus fragile parce qu'il est décidément bien pâle dans sa veste bleue, et qu'on remarque davantage chez lui les grands yeux noirs que la prestance. Les gens ne sont pas les mêmes selon qu'on les fréquente en ville ou au parc. Je me demande s'il note, lui, des changements chez moi. Suis-je plus majestueuse debout sur le seuil de ma porte ou assise dans le sable à guetter les scarabées?

— Ton institutrice n'est pas avec toi? demande-t-il comme nous entrons dans la maison silencieuse.

— Elle doit être à l'office. Veux-tu que nous allions la chercher?

Je me demande s'il est très mondain d'emmener ses invités à la cuisine sitôt qu'ils viennent de franchir le pas de votre porte. Jacques est mon premier invité et je n'ai pas encore l'habitude des belles manières. Dans le doute, j'arrête de me poser des questions. Sans avoir à réfléchir, je sais que la cuisine est la pièce la plus agréable de la maison. Elle est peuplée et animée, à la différence des autres, qui sont vastes et vides. Au salon, à cette heure, les seules personnes que nous risquons de croiser sont ma mère et mon frère, qui présentent, il faut l'avouer, beaucoup moins d'attraits qu'Annette et Fanny.

Marceline est bien là, attablée à côté d'Annette. Elle nous regarde entrer avec un petit sourire entendu, comme si elle s'attendait à notre arrivée. Fanny, les mains dans l'eau grasse, finit de nettoyer les plats.

— Qui mangera un peu de ma crème renversée ?

Annette se lève et pose sur la table deux assiettes décorées.

— Je viens de préparer les desserts du dîner, et j'en ai quelques-uns de réserve. Asseyez-vous, mes enfants, et goûtez-moi ça.

Jacques n'a peut-être pas très faim (il mange lentement et du bout de la cuillère), mais il est très poli. À écouter ses remerciements, on croirait qu'il n'a jamais rien mangé de si bon. Fanny se retourne de temps en temps vers lui. Elle a le visage dévoré de curiosité.

Elle est en train de nous observer quand son regard se lève lentement au-dessus de nous et se porte jusque dans la cour. Ses yeux s'arrondissent, s'écarquillent et s'arrêtent, fixés sur un objet auquel nous tournons le dos. Elle retire les mains de l'eau et les essuie au torchon qu'elle porte sur l'épaule. Elle s'approche de la fenêtre. En l'espace de quelques secondes, son visage rose est devenu cramoisi. Elle n'aurait pas l'air plus effaré si le soleil venait de se décrocher du ciel pour tomber dans la cour.

— Allons bon, Fanny, dit Annette, qu'est-ce qui se passe ?

— Ça alors, murmure Fanny, ça alors…

Je me retourne pour regarder dehors ce qui la captive à ce point. Au milieu de la cour, un jeune homme, une casquette à la main, semble chercher quelqu'un. Visiblement, il n'ose pas frapper à la porte d'entrée. Il attend qu'on en sorte et qu'on le remarque. Il n'est pas très grand, ses cheveux noirs et bouclés dessinent autour de son visage une couronne sombre. Je sais ! Je l'ai reconnu ! Je bondis de ma chaise.

— Fanny ! C'est lui !

— Bon Dieu, fait Fanny. Je le vois bien que c'est lui.

Annette et Marceline se sont approchées de la fenêtre. Le visage collé au carreau, elles essaient de deviner à qui appartient cette figure inquiète et ce regard d'égaré.

— Attends voir, fait Annette au bout d'un moment. J'ai déjà vu cette tête quelque part. Ce ne serait pas l'aîné de Baptiste Martin ?

Fanny ne l'entend pas. Elle se dirige vers la porte d'un pas d'automate. Pour mettre tout le monde à l'aise, je crois bon d'intervenir.

— Je ne connais pas son nom, mais je peux vous dire qu'il vient de L'Isle-Adam.

— Alors, c'est lui, soupire Annette que cette information semble consterner. C'est Jean Martin.

Jacques ne s'est pas levé. Il continue à déguster sa crème comme si ce remue-ménage était la chose la plus naturelle du monde. J'en sais assez sur la bonne

éducation pour deviner qu'il s'efforce de rester discret.
Il ne veut pas nous embarrasser.

— C'est le petit fiancé. Celui qui devait la rejoindre
avant qu'un an soit passé…

— Quelle gentille histoire, commente Jacques,
quoiqu'il ne comprenne rien à l'admirable événement
qui se déroule sous nos yeux. Puis il pose sa cuillère
sur le côté de son assiette.

Fanny revient dans la cuisine, traînant Jean Martin
derrière elle. Maintenant qu'il est là, on dirait qu'elle
ne sait plus qu'en faire. Elle l'attendait si fort qu'elle
est comme ennuyée de sa présence réelle. J'ai beau
être émue, je ne le suis pas autant qu'elle. Alors, géné-
reusement, je vole à son secours.

— Asseyez-vous, monsieur, dis-je en tendant une
chaise. Et prenez donc un peu de crème renversée.

Jean Martin nous regarde comme si nous étions des
anges, des lémures ou des créatures des profondeurs.
Comme si nous n'étions pas tout à fait des personnes
humaines. Il ne décroche pas un mot, hoche la tête en
signe d'assentiment et s'assied sur le coin de la chaise.

— Fanny, dit-il enfin, un an n'a pas passé.

L'arrivée inopinée de Jean Martin nous fait une
telle impression que la visite de Jacques a perdu sur
l'instant son caractère exceptionnel. Il faut que Marceline me rappelle à l'ordre pour que je revienne à
mes devoirs d'hôtesse.

— Ce jeune homme est parvenu à bon port. Fanny
et Annette vont s'occuper de lui. Maintenant, Lucie,
tu pourrais peut-être emmener Jacques découvrir le
jardin.

— Veux-tu voir notre jardin?

Je me demande ce que ce jardin recèle de si beau qu'on y conduise les gens de force pour le découvrir. Son ange de stuc, peut-être. Si c'est cela qu'il faut faire pour être polie, je veux bien y entraîner Jacques. Malheureusement, il n'a pas l'air pressé de se lancer dans les explorations. Il regarde alternativement Fanny et Jean avec un sourire amical, s'attardant un peu plus longuement sur le visage de Jean. Il se fiche du jardin comme d'une guigne, c'est évident. Constatant que nous ne nous bougeons pas d'un pouce, Annette se saisit de la cafetière qui tiédit sur le coin de la cuisinière et l'agite devant nous.

— Monsieur Jacques désire peut-être une tasse de café?

Il accepterait probablement un bol de soupe, une jatte de lait, un verre d'alcool si elle les lui proposait. Il n'a aucune envie de quitter cette cuisine. Ses joues ont pris une belle couleur et il semble parfaitement content au milieu de notre agitation. Comme je suis affreusement curieuse de connaître le voyage de Jean et de savoir ce qu'il adviendra de lui (va-t-il rester chez nous? Va-t-il s'installer dans la petite chambre de Fanny?), je n'insiste pas. Nous attendons passionnément les questions de Fanny et les réponses de Jean.

Nous n'avons pas appris grand-chose quand la porte s'ouvre brusquement et qu'une visiteuse inattendue entre dans la cuisine. Elle reste immobile, accrochée à la poignée de porte, et contemple, interdite, le spectacle de notre réunion. Ma mère.

CHAPITRE NEUF

Des impromptus de l'après-midi

— Je sonne depuis des heures et personne ne juge bon de me répondre.

Elle n'est pas recoiffée, son peignoir bâille sur sa robe d'intérieur et elle n'est pas contente. Annette jette un coup d'œil au tableau des cloches accroché au-dessus du linteau de la porte. Si personne n'a répondu, c'est que personne n'a entendu : le battant de la cloche de l'office s'est une nouvelle fois coincé. Elle se lance dans un déluge d'excuses circonstanciées, que ma mère interrompt d'un revers de la main.

— Dix fois, cent fois, j'ai demandé qu'on répare ces sonneries, mais personne ne m'écoute. N'est-ce pas Marceline ?

— Oui, ma cousine.

— Alors faites-moi plaisir avant que je perde patience. Occupez-vous de la cloche et videz-moi cette cuisine de tous ces gens qui n'ont rien à y faire

Caché dans l'ourlet de sa robe, le petit chien barbu du Siam jappe furieusement. Elle doit éprouver une drôle d'impression à sentir nos six regards posés sur ses

pieds parce qu'elle renonce à s'emporter plus longtemps et choisit de battre en retraite.

— Lucie, dit-elle avant de refermer la porte, je ne
veux pas te voir à l'office. File dans ta chambre.

Quand elle est partie, son petit chien trottinant sur
ses pieds, Jacques se tourne vers moi.

— Pour des présentations, remarque-t-il, on a
connu des conditions plus favorables.

Marceline devrait être catastrophée. Mais non. Elle
sourit de si bon cœur que ses yeux se font tout petits
au-dessus de ses pommettes.

— C'est vrai, dit-elle avec une sorte de jubilation.
Pour une première rencontre, c'est un désastre histo-
rique. Je me demande comment vous allez vous
débrouiller pour rattraper les choses. Mais, pour le
moment, si vous voulez éviter des malentendus sup-
plémentaires, vous feriez mieux de vous disperser.

Avant de quitter la cuisine, Jacques salue très poliment la compagnie. Il félicite Annette, dont le sourire
dit assez combien elle apprécie ce garçon qui mange
sa crème sans faire le difficile. Il souhaite bien du bonheur à Fanny. Il s'arrête enfin devant Jean Martin.

— Si vous aviez du mal à vous placer à Paris, passez
me voir et demandez-moi. Je crois être en mesure de
vous aider.

— Merci bien, monsieur, répond Fanny à la place
de son fiancé. Au besoin, on vous demandera.

Je traverse le salon désert, je passe par la véranda et
j'ouvre devant Jacques la baie qui donne sur le jardin.
En moins d'une semaine, il a perdu sa rigueur hiver-

nale. Les branches, qui étaient dures et noires, ont retrouvé une chaude nuance brune et un vernis lustré. De petits bourgeons pâles s'accrochent aux rameaux. Le printemps n'est pas encore installé, mais il a semé partout des promesses.

— Très joli petit jardin, déclare Jacques avec la même conviction qu'il aurait pour dire «affreux petit jardin» ou «pathétique petit jardin».

Je contemple avec désolation l'ange qui se tient sottement planté sur une jambe, son arc à jamais tendu vers la jarre de grès. Je me demande à quoi rêvaient mes parents le jour où ils l'ont fait installer. S'il ne tenait qu'à moi, je l'abattrais sur-le-champ.

— Tes parents s'intéressent à la sculpture? demande Jacques.

Je cherche des traces de moquerie sur son visage. Mais il a son bon regard innocent. Si je ne le connaissais pas depuis belle lurette, je ne douterais pas un instant de sa sincérité. Malheureusement pour lui, je sais à qui j'ai affaire. Il se paie ma tête. Je me jette sur lui et martèle sa chemise de coups de poing. Ma victime essaie de battre en retraite, mais elle rit tellement qu'elle trébuche et tombe assise sur les dalles.

— Pourquoi? gémit-il. Je trouve très gentil que tes parents aient le goût artistique. Et puis, l'amour est un thème charmant. Tu as remarqué que ton Cupidon n'a pas les yeux bandés? Avez-vous la chance, dans votre famille, de choisir ceux que vous aimez?

— Tais-toi, sale perfide. Tais-toi ou je te tue.

— Non, je ne me tairai pas. Avez-vous d'autres belles pièces, cachées dans la maison?

Je suis à demi couchée sur lui, j'ai empoigné ses épaules, que je secoue dans tous les sens, quand une main se pose dans mon dos. Je bondis sur mes pieds. Jacques se relève en reprenant sa respiration. Face à nous, ma mère nous regarde, les yeux fixes, les lèvres pincées. Elle soupçonne l'identité de ce jeune homme qui se roule sur les dalles de son jardin, évitant mais à peine les bourrades de sa fille.

— Lucie?

Je passe la main sur ma tête, je rassemble vaguement quelques mèches en désordre et je désigne Jacques qui tire sur sa veste.

— Maman, je te présente Jacques.

— Jacques d'Argenton de Nevers, dit-il et il se plie en deux.

C'est affreux. Je vais me jeter sur lui pour achever de l'assommer. Il en fait trop. Il se moque de ma mère comme il s'est moqué de mon ange. Est-elle assez niaise pour ne pas deviner la comédie sous la courbette? Un bref regard sur elle suffit à me confondre. Elle rayonne. Elle tend gracieusement la main, cette même main qui nous chassait de la cuisine tout à l'heure, tandis qu'elle criait comme une marchande des rues. Il attrape cette main et la garde comme s'il tenait le Saint-Sacrement, il lui sourit avec une bonne volonté écœurante, ils s'émerveillent de faire connaissance. Dans un brouillard de gêne, j'entends Jacques parler de moi et de nos balades au parc, dire qu'il a seize ans (je pensais qu'il n'en avait que quatorze), que certainement il est heureux de connaître notre maison et qu'évidemment il ne serait

que trop content d'y revenir prendre le thé. LE THÉ.
Le misérable.

    — Il faut excuser Lucie. C'est sans malice qu'elle vous
a reçu à la cuisine. Son institutrice préfère l'instruire des
choses de l'esprit plutôt que des usages du monde. Ma
fille est très spontanée, très sauvageonne. Mais je crois
que l'on peut trouver du charme à cette simplicité.

    Le visage de Jacques est lisse comme un galet. Il
entend «sauvageonne» et pas une ride ne passe sur ses
joues. Il doit avoir appris à rire à l'intérieur. Si c'est
cela, l'héritage des cousins et des ancêtres, je m'incline.
Poussée à ce point de perfection, la maîtrise de soi ne
relève plus de l'hypocrisie, c'est du grand art.

    Puisque sauvageonne il y a, je ne vais pas me pri-
ver des plaisirs de ma charge. Je me tape vigoureuse-
ment sur les bras, je secoue la tête pour faire vibrer
mes joues et je dis à voix bien forte:

    — On gèle dans ce jardin. Je vous laisse vous
congratuler, j'aime autant rentrer me mettre au chaud.

    Ma mère hausse un fin sourcil, décide de précéder
l'événement et nous entraîne à sa suite dans la véranda.
Elle sonne Fanny qui accourt aussitôt. Je suis toujours
stupéfaite de voir l'attitude de Fanny changer selon
qu'elle est avec Marceline et moi, ou avec mes parents.
Elle garde alors les mains croisées dans le dos et la
figure toute vide, comme si elle n'avait pas de Jean à
s'occuper, comme si nous ne mangions pas de la crème
il y a un quart d'heure ensemble dans sa cuisine.
Comme si elle n'avait que ça à faire de sa vie, que
d'attendre que madame lui dicte ses derniers caprices.
Être domestique, en somme, n'est pas si différent que

d'être noble. C'est réussir à faire semblant devant ma mère.

— Fanny, vous nous apporterez de l'orangeade au sirop et vous irez prévenir monsieur que nous avons de la visite.

— Le jeune monsieur?

— Le jeune monsieur, bien sûr, Fanny, réfléchissez pour une fois. Vous savez que mon mari est à la Chambre.

Misère. Achille. Rien ne nous sera épargné. Nous gravirons pas à pas toutes les marches du Calvaire. Je me demande ce que je pourrais inventer pour échapper à la deuxième partie de mon martyre, quand le salut me vient inopinément de quelqu'un que je n'attendais pas.

Annette se glisse dans le salon et chuchote à l'oreille de ma mère avant de repartir sur la pointe des pieds.

— Lucie, dit ma mère, la couturière est arrivée et elle t'attend.

— Mais...

— Tu peux nous laisser, je prendrai soin de Jacques. Cours vite essayer ta robe, je viendrai tout à l'heure te donner mon avis. Tu retrouveras ton ami quand tu seras rhabillée.

Elle vient de réussir à m'enlever Jacques. Elle triomphe. Je ne lui reproche rien, je suis trop heureuse d'échapper à Achille. J'espère seulement que Jacques sera assez habile pour inventer un moyen de fourrer sa Blanche dans les bras de mon frère. Évidemment, l'après-midi ne prend pas la tournure que j'avais espérée. Mais, après tout, nous sommes en service commandé. Et je ne déteste pas l'imprévu.

CHAPITRE DIX

De l'art de la savate

Mes épaules pointues percent à travers l'organdi. Cette robe est peut-être très jolie. C'est moi qui habite un drôle de corps. Sitôt que je bouge, on voit partout saillir mes os, aux clavicules, aux hanches, aux genoux. Avant même d'avoir commencé à rectifier ses coutures, Mme Sponze s'est rempli la bouche d'aiguilles. Elle ressemble à une pelote d'épingles.

— Qu'est-ce qu'elle en pense, la demoiselle? demande-t-elle en chuintant.

— Est-ce que toutes les jeunes filles ressemblent à des épouvantails?

— Ce n'est pas très gentil ce que vous dites là. Vous savez bien que je fais mon possible. À qui la faute si vous êtes décharnée comme un vieux cheval?

— Vous ne pensez pas qu'un tissu plus lourd serait plus avantageux?

— Enfin, mademoiselle Lucie! Pour une robe de printemps! Il faut porter quelque chose de léger, si l'on veut faire la différence entre les saisons. Même les bonnes sœurs changent leur laine pour du coton...

Pauvre Sponze. Je sais bien tout le mal qu'elle se donne pour contenter ma mère et que j'aie de l'allure. Et, dans le fond, puisque je n'ai pas le droit de choisir moi-même les étoffes, je me désintéresse de ce qu'on décidera pour moi.

— Quand je serai une dame, je vous commanderai mes vêtements et vous verrez que nous nous amuserons bien. Nous choisirons les tissus les plus beaux. Et tout en rouge, je vous le promets. Avec de la moire.

— C'est ça, répond-elle, en redressant minutieusement les fronces de la taille. J'espère bien que vous prendrez un peu de lard d'ici là, sinon je ne sais pas comment nous nous en sortirons.

Quand ma mère passe faire l'inspection, la robe fait de grands godets autour de mes jambes.

— C'est bien, accorde-t-elle à Mme Sponze. Mais vous serez aimable d'ouvrir les manches sur les épaules. Et de prévoir la découpe plus large, là, sur la gorge.

— Mais c'est vous-même qui m'aviez demandé de refermer... Quant à la gorge, je veux bien vous la décolleter, mais vous reconnaîtrez que la petite n'en a pas beaucoup.

— Les choses changent, figurez-vous, ma bonne. Et tiens-toi droite, toi. Qui voudrait d'une fille toute bossue?

Mme Sponze remballe la robe et je dégringole l'escalier pour délivrer Jacques de la terrible compagnie d'Achille. Il a beau s'être montré parfaitement exaspérant, personne ne mérite un si lourd châtiment. Je me précipite dans le salon en m'attendant à un spectacle désastreux (Achille pérorant, Jacques agonisant d'ennui). Mais, une fois de plus, c'est trop de prévenance. J'avais oublié que l'animal est de taille à se défendre tout seul.

Jacques est confortablement enfoncé dans un fauteuil, les jambes croisées. Appuyé à l'accoudoir, penché sur lui avec une sorte de tendresse, Achille lui parle aimablement. Quand elle s'adresse à d'autres qu'à moi, la voix de mon frère n'est pas désagréable. Elle a même quelque chose de mélodieux. Et de quoi parlent-ils, ces deux bons amis ? De gens que je ne connais pas et pour lesquels ils rivalisent d'adjectifs louangeurs. Apparemment, ils se connaissent, et pas d'hier. En un éclair, je saisis que le monde, qui me semble si grand, est en vérité ridiculement petit, et que je ne suis à l'abri de rien.

D'ordinaire, il suffit qu'Achille m'aperçoive pour perdre sa bonne mine. Là, c'est tout le contraire. Quand il lève les yeux vers moi, il conserve son air avenant. Qui n'aurait pas l'habitude de ses rebuffades jurerait qu'il n'aime rien au monde autant que sa sœur cadette.

— Ma petite Lucie, lance-t-il sur un ton jovial, figure-toi que nous avons des connaissances communes.

J'ai l'air si désemparée qu'ils se mettent à rire.

— Des connaissances sportives. Nous fréquentons le même gymnase. Jacques est un habitué des leçons de savate.

Je me tourne vers Jacques qui me sourit largement, impassible.

— Tu te bats ? Toi ?

— Pas vraiment. Mon père. Quand j'étais petit, il prenait des leçons auprès du maître qui forme ton frère. J'ai pris goût au spectacle de l'entraînement et je retourne au gymnase. C'est là que nous nous sommes aperçus.

Achille s'est levé de son accoudoir. Il se plante devant le miroir de la cheminée et rajuste sa veste.

— Amusante coïncidence. Mais il est temps que je retourne aux affaires. Et je ne veux pas vous retenir plus longtemps. Vous aviez sans doute des projets. `

— J'espère que nous aurons le plaisir de nous revoir, fait Jacques en se hissant du fond de son fauteuil.

— Au gymnase, j'y suis tous les jeudis.

— Au gymnase donc, répète Jacques avec un élégant petit signe d'adieu.

Achille envolé, nous voilà débarrassés des importuns. Si je veux profiter tranquillement de ce qui reste de l'après-midi, il est temps de demander à Marceline de nous accompagner au parc. Mais encore faut-il que Jacques le Courtois salue interminablement ma mère et qu'elle lui fasse jurer qu'il reviendra. Encore faut-il que nous repassions discrètement par la cuisine afin qu'il ajoute quelques amabilités à son crédit auprès d'Annette. Encore faut-il qu'il s'enquière de Jean Martin.

— Fanny vient de l'emmener, l'informe Annette. Elle lui cherche une chambre. Ce n'est pas tout de l'accueillir, ce garçon. C'est qu'il faut encore le loger.

Une ombre de déception passe sur ses traits. Mais il se reprend vite.

— Vous lui rappellerez que je suis à sa disposition, dit-il froidement. S'il avait besoin de quoi que ce soit.

Nous marchons côte à côte le long de l'avenue. Marceline nous suit à bonne distance. Je ne dis pas un mot. Je m'applique à inventer une marche, qui comporte un détail imperceptible et néanmoins essentiel, une sorte de jet des épaules vers l'arrière tous les trois pas. J'y consacre tout l'esprit qui me reste. Je n'ai plus envie de parler à Jacques. D'ailleurs, je préfère ne pas penser à lui du tout.

Le poids du silence, quand il dure, est écrasant. Il est étonnant que le silence, qui est un vide, puisse peser plus que les paroles, qui sont un plein. Jacques tolère le vide pendant de longues minutes. Puis il rend les armes.

— Tu as le hoquet?

Je tiens bon. Je ne réponds pas.

— Tu ressembles à une poule qui va pondre.

Je murmure en gardant la tête très droite. Mes lèvres remuent à peine.

— Merci. J'essaie une nouvelle marche.

Je replonge dans le silence. Nous passons le kiosque.

— Tu es fâchée?

— …

— Je ne vois pas ce que j'ai fait pour mériter qu'on me traite si mal. Je viens de réussir des miracles. J'espérais des acclamations et tout ce que je gagne, c'est qu'on ne m'adresse plus la parole.

— ...

— Dis quelque chose, bourrique, ou je te laisse là et je rentre chez moi.

— Tu es un menteur et un dissimulateur.

— Moi?

Il s'est arrêté. Il m'attrape le bras et le secoue.

— Mais enfin! J'ai emballé ta mère et j'ai trouvé le moyen de revoir ton frère... Ce n'était pas ce que nous étions convenus?

— Tu te bats. Toi qui t'enfuis à la première dispute devant un tas de sable. Toi qui ne sais pas courir dix mètres sans t'évanouir... tu fais de la savate.

Jacques hausse les épaules.

— Si ce n'est que ça... Je peux te rassurer. Je ne me suis jamais battu, de toute ma vie. J'assiste aux entraînements, c'est vrai. Mais parce que rien n'est plus joli à regarder que les combats, l'adresse des boxeurs, leurs costumes. M'en veux-tu si je te dis que j'aime le ballet? Que j'admire les danseurs?

— Non. La danse, ça va.

— Pourtant, c'est pareil.

— Pas du tout. La musique, la grâce, les jolis vêtements, tout cela te convient. Mais la savate, la boxe, les coups n'ont rien à voir avec toi. Voilà pourquoi je suis en colère. Il suffit que tu rencontres ma famille pour ne plus ressembler du tout au Jacques que je connais. C'est comme si tu me trahissais.

— Maintenant que nous marchons, que nous parlons et que nous allons vers le parc, penses-tu toujours que je suis en train de te trahir?

— Tu vois bien que non. Tu es redevenu le même.

Jacques persiste à me secouer le bras, comme s'il voulait me l'arracher du torse.

— Mais je suis le même, tête de mule. Je suis toujours le même.

À cesser si brusquement de marcher, j'ai oublié le compte de mes pas. Je ne sais plus du tout où j'en suis. Comment mettre une marche au point au milieu de tant de contrariétés?

— Cesse de me brutaliser. Je n'ai que deux bras et j'ai besoin des deux.

— Tu n'as même pas conscience d'être méchante et ingrate.

— Ingrate? De quoi faudrait-il être reconnaissante?

— Des efforts que je fais pour rapprocher ton frère de ma cousine. Quand je pense au tableau que tu m'en avais fait... Il n'est pas si affreux, ce frère.

— Lorsqu'il est avec toi, il n'est plus le même.

— Tu recommences! Il ne s'est pas réinventé au moment où il m'a aperçu... C'est toi peut-être qui ne le connais pas si bien que tu le crois.

Cette discussion m'épuise. Et elle ne m'intéresse pas tant que ça. Que m'importe à la fin d'avoir raison. Tout ce que je veux, c'est qu'il se taise et qu'il me laisse en paix. Mon seul désir est de reprendre la marche. Je prévois d'ajouter, après le hoquet, un léger retrait du pied droit vers l'arrière.

— Très bien. Tu as gagné. Je découvre aujourd'hui la vraie nature d'Achille. Alléluia, je me jette à tes pieds.

Je me précipite devant lui, je me retourne et je le salue profondément. Il me laisse faire. Il tend une main au-dessus de ma tête et dessine dans l'air des bénédictions.

— Va en paix, ma fille, dit-il avec componction. Tout est pardonné.

Moi, grande protectrice de Jacques le Friable, je me sens minuscule, enfantine et presque imbécile. Assis à l'ombre des balançoires, nous regardons voler les jupes des petits enfants. À chaque envol de nacelle, les plus jeunes poussent des cris d'effroi que couvrent les hurlements de joie des plus grands. Marceline fait les cent pas sur l'allée sablée, guettant on ne sait qui. Elle croise régulièrement la noria d'ânes qu'emmène un jeune homme en culotte de feutre rouge, lesquels portent sur le dos des gamins désespérément accrochés aux pommeaux de leurs selles.

— Je peux attirer Blanche au gymnase, m'explique Jacques. Avec un peu de chance, nous rencontrons ton frère et je me jette sur lui pour qu'ils fassent connaissance. Une fois qu'ils se sont rencontrés, rien ne les empêche de consolider le lien. À la condition qu'ils se plaisent, évidemment.

— Y a-t-il beaucoup de femmes qui fréquentent le gymnase?

— Aucune. Mais ce n'est pas pour inquiéter Blanche. Tout ce qui n'est pas ordinaire lui plaît. Lors de son dernier séjour à Paris, elle a scandalisé le monde en se rendant aux Halles, au petit jour, habillée comme une paysanne.

— Aux Halles?

Cette Blanche m'a l'air bien téméraire. Elle me

plaît. Moi aussi, après tout, j'aimerais beaucoup voir les marchands des Halles. Moi aussi, je voudrais me déguiser et faire scandale. Mais c'est un projet extravagant. Je pourrais supplier Annette. Qui pousserait les hauts cris. Jamais ma mère ne m'autorisera, elle qui ne conçoit rien de plus terrifiant au monde que la foule qui déambule sur les Grands Boulevards.

– Et qu'est-ce qu'elle a fait, aux Halles ?

– Elle a acheté des poires et des dahlias et mangé du cœur de veau.

– Quelle chance elle a !

Jacques me regarde avec des yeux amusés.

– Voudrais-tu tant que cela aller aux Halles ?

– Plus que tout. Les Halles seraient tellement plus amusantes que le parc, dont je connais chaque brin d'herbe et que je n'aime que parce que je t'y retrouve.

– Tu devrais demander à Fanny. Elle pourrait t'y emmener avec Jean. Il saurait vous défendre. As-tu remarqué ses beaux yeux verts ?

Je réfléchis, j'essaie de me souvenir, mais en vain. Je me rappelle bien la masse noire des cheveux. Mais des yeux, rien. Il faut croire que je ne suis pas attentive aux yeux des garçons.

– D'une couleur merveilleuse, assure Jacques. S'il devait vous accompagner, aux Halles ou ailleurs, n'oublie pas de me prévenir. Je viendrais avec vous. Nous formerions une jolie bande.

– Fanny ne voudra jamais me conduire nulle part. Elle a bien trop peur de ma mère.

– Achille, peut-être ? Si je le lui demandais, penses-tu qu'il m'accompagnerait ?

— Il ne te refuserait rien. Mais si tu te promènes avec lui, il faudra renoncer à Jean Martin. Achille est un monsieur. Il ne passe pas sa vie avec les gens de service.

— Tant pis, fait Jacques d'un ton dépité. Et même tant mieux. Parce que je n'y tiens pas si fort. Mis à part ma cousine qui est folle, qui va aux Halles à moins d'y être obligé?

Le soleil qui rayonnait vaillamment disparaît derrière un train de nuages. Marceline devrait nous intimer l'ordre de partir avant qu'il ne pleuve, mais elle a fini par retrouver celle qu'elle attendait. Elle discute vivement et pense à tout autre chose qu'à nous abriter.

— J'aime beaucoup Marceline, remarque Jacques à qui je ne demande rien. Tu ne crois pas qu'il va pleuvoir?

CHAPITRE ONZE

Des bénéfices de la solitude

Ses prouesses mondaines ont dû l'épuiser. Voilà une semaine que je suis sans nouvelles de Jacques. Personne au parc en fin d'après-midi. Personne sur le chemin du retour. Il connaît pourtant le chemin pour se rendre chez moi, mais il n'a pas jugé bon de me donner les raisons d'une si brusque absence. Certes, il est déjà arrivé qu'il m'abandonne quelques jours. Mais jamais je ne lui en avais demandé la raison. Je trouvais d'autres camarades de jeux, la petite Noémie qui a de gros mollets et un jupon à pois, ou ce Charles qui ne veut m'appeler que Julie, sans que je comprenne très bien pourquoi.

Jacques me manque. Et il m'inquiète. Je crains qu'il ne soit fâché. Je me reproche de l'avoir appelé un traître et un hypocrite et j'aimerais de toutes mes forces lui dire que je n'en pense plus un mot. Je redoute surtout que ma famille ne lui ait fait peur. Maintenant qu'il connaît ma mère et Achille, il ne veut peut-être plus fréquenter leur fille et sœur. Il ne croyait pas que nous fussions si avides de le rencontrer, ni d'une si ennuyeuse compagnie. Il déteste notre cuisine, notre crème renversée et notre ange en stuc. Il préfère rester chez ses cousins de l'histoire de France qui sont plus élevés que nous, et il ne nous aime pas parce que nous sommes de tristes bourgeois qui avons fait la Révolution et vénéré l'Empire.

Comme je regrette que Marceline l'ait invité. Comme je voudrais pouvoir revenir en arrière, au temps où je n'imaginais rien de lui et où je ne l'attendais pas. Et puis, quand j'y songe, quel méchant caractère ! Je déploie pour lui des trésors de gentillesse, je ne lui cache rien de ceux auprès desquels je vis, je le fais entrer dans ma maison et dans mon jardin, et il ne me sait gré de rien. Il feint de ne remarquer que les beaux yeux verts d'un garçon qui n'est pas de chez nous. Je crois que je le hais. Si nous vivions il y a cent ans, je serais tricoteuse et je lui ferais couper la tête.

Ma mère et Achille prennent garde de me poser la moindre question. N'était leur soudaine cordialité, je pourrais croire que rien ne s'est passé. Mais je ne suis pas dupe : ils ne me considèrent que parce qu'ils considèrent Jacques. Si je me dispute avec lui, ils ne seront que trop contents de revenir à leur ancienne malveillance. Alors qu'il y a une semaine encore il ne m'adressait pas un regard, Achille me sourit aimablement quand il vient s'asseoir à table et parfois même quand il en sort. Quant à ma mère, elle m'a fait acheter de jolis gants de peau et un chapeau de velours que je noue avec un ruban sur l'arrière et qui me donne dans la rue l'air d'une demoiselle.

— Elle devient bien jolie, a dit hier mon père en regardant ma mère.

J'ai cherché autour de moi pour apercevoir la personne dont il parlait, avant de me rendre compte qu'il s'agissait de moi. L'émotion que j'ai éprouvée était si désagréable que je suis devenue très rouge. Je n'aime pas que l'on parle de moi, surtout quand je suis présente, même si c'est pour me dire des gentillesses.

Je préférais quand ils ne m'aimaient pas. J'étais plus tranquille.

Pour échapper à cette atmosphère débilitante et oublier l'inconstance de Jacques, j'étudie à longueur de temps. Au moins, quand j'ai le nez dans les livres, je ne pense pas. Tout le temps que j'apprends, rien n'est si important que la Rome de César ou la vie des abeilles. Et Marceline, qui ne me dit jamais que je suis jolie ni ne m'adresse de mielleux sourires, est enchantée de la vitesse à laquelle le savoir m'entre dans la tête. Elle ne dit plus jamais que je devrais faire des efforts, ou que j'ai l'esprit dans les nuages. Elle me parle comme à une personne de qualité, elle me pose des questions et j'ai l'impression très agréable qu'elle apprend quelque chose de mes réponses. Elle a demandé à ma mère de l'argent pour l'achat de nouveaux livres.

— Il n'est pas bon que Lucie lise trop longtemps, a protesté ma mère, elle va finir par se gâter les yeux.

Mais elle a ouvert un compte chez le libraire. Marceline lui a demandé à plusieurs reprises d'engager un professeur pour guider mon travail. Pour se faire pardonner de refuser le professeur, qu'elle trouve inutile et cher, elle veut bien payer les livres. Je n'en suis pas mécontente. Je ne suis pas certaine que le professeur serait à mon goût. Si les livres ne me plaisent pas tous, au moins ils ne me parlent pas.

Quand je suis fatiguée de lire, je vais à la cuisine. Je tourne autour d'Annette qui garde pour moi des sucreries dans les poches de son tablier. Elle prend ma maigreur pour une offense.

— Voyons si nos affaires vont mieux, dit-elle en me palpant le bras comme si j'étais un cochon qu'on se prépare à égorger. Non, ce n'est pas encore tout à fait ça...

Et elle sort des plis de sa jupe une pâte de fruits bien sucrée ou des biscuits aux amandes.

— Quand est-ce qu'il revient, le petit jeune homme qui aime tant la crème renversée?

— Je ne sais pas. Je crois que maman lui a fait peur.

— Ah ça... dit Annette (et je lis sur son visage désolé que, si elle n'en dit pas plus, elle n'en pense pas moins).

Fanny n'a pas changé ses habitudes. Moi qui pensais que l'arrivée de Jean Martin allait bouleverser sa vie, je suis déçue. À sa place, il me semble que j'aurais déserté la cuisine. J'aurais couru chez le curé pour préparer ma noce et passé tous les jours de mes fiançailles à roucouler avec mon promis. Rien de tout cela. Loin d'avoir l'air plus heureuse qu'avant, elle bougonne à longueur de temps.

— Comment va la vie?

Je profite qu'elle soit assise à coudre des ourlets pour lui poser des questions. Comme je ne tiens pas à

aggraver ses mauvaises dispositions, j'aborde discrètement le sujet. J'aurais pu avancer plus franchement.
Elle sait que je guette des nouvelles de ses amours. Et
elle n'attend que ça, de parler. Elle en a gros sur le
cœur.

— Depuis qu'il est à Paris, les choses ne vont plus
si bien. Il me demande sans cesse de lui trouver de
l'aide et j'ai bien autre chose à faire qu'à m'occuper
de lui, qui est paysan, qui ne me sert à rien et qui n'a
pas de famille ici.

— Mais n'es-tu pas contente qu'il soit près de toi?

— Je ne sais pas... Rien n'est pareil ici et à L'Isle-
Adam. Ou alors c'est qu'on change bien vite en
moins d'un an. Ou encore j'ai vieilli. C'est malheureux à dire, mais je ne le vois plus pareil.

— Comment ça?

— Je ne le trouve plus si beau. C'est aussi que des
hommes, depuis que je suis à Paris, j'en ai vu d'autres
et des pas vilains...

Elle lève la tête de son ourlet. Elle a les yeux rieurs.
Mon Dieu, comme j'envie Fanny. Je l'enviais d'avoir
un fiancé. Voilà maintenant que je l'envie de ne plus
en avoir.

— Où faut-il aller pour les voir?

Elle hausse les épaules, elle se moque de moi.

— Mais où vous voulez! Des hommes, on en
trouve partout. Moi, celui que je préfère, je le vois
aux Halles, où il vend ses légumes et ses fruits. Si
Annette n'était pas à me suivre comme un garde-
chasse, je serais toujours à son étal.

— Il te regarde, lui?

— Mieux que ça, il me sourit, et sitôt qu'Annette a le dos tourné, il m'appelle «ma douce».

— Oh Fanny! j'aimerais tellement aller aux Halles!

— Le plus drôle, c'est que vous pourriez y retrouver Jean Martin. C'est là qu'il a trouvé à s'employer. Il décharge les voitures.

— Tu le vois donc toujours?

— Mais oui. N'allez pas croire qu'il est fâché. Vous savez, ce n'est pas moi qu'il est venu retrouver à Paris. C'est qu'il ne voulait pas d'un avenir à L'Isle-Adam. N'importe quelle raison pour s'enfuir, il l'aurait prise. J'ai été sa raison, il n'y a pas à chercher plus loin.

Elle a fini l'ourlet. Elle porte l'aiguillée à ses lèvres et tranche le fil du bout des dents. Elle pique l'aiguille au-devant de sa chemise et se lève.

— Demandez à votre petit prince charmant de vous y emmener, aux Halles. Le marché n'est pas interdit aux riches.

— Crois-tu que les gens me regarderaient bizarrement? Crois qu'il faudrait que je m'habille en paysanne?

— S'il se trouve une casquette et vous un tablier, et si vous oubliez de prendre l'air godiche, personne ne fera attention à vous. Vous l'ignorez peut-être parce que vous ne sortez jamais de votre petit carré de paradis, mais les gens travaillent dans Paris. Ils n'ont pas que cela à faire, de reluquer les bourgeois qui se promènent.

— Tu sais bien que mes parents ne voudront jamais...

— Qu'est-ce que vous vous souciez de demander aux gens des permissions qu'ils vous refuseront? Filez tôt le matin et revenez avant neuf heures. Je parie vingt sous que personne ne s'apercevra de votre absence.

Fanny a posé les poings sur ses hanches. Elle s'est plantée face à moi, bien droite sur ses jambes. Comme elle paraît forte, ainsi. Et comme elle a l'air insolent.

— Et puis zut, dit-elle. Qu'est-ce que j'en ai à faire après tout, des jérémiades d'Annette et de votre mère? Je suis assez grande pour décider moi-même de ce qui me convient. Et figurez-vous que ça me plaît, à moi, de vous conduire au marché.

— Mais, Fanny, si nous sommes prises?

— Vous mentirez. Vous direz que vous étiez seule. Et moi, je ferai l'andouille.

— Qui te croira?

— Personne. Mais ce n'est pas grave. Il faut que je me hâte de quitter le service tant que je suis encore jeune. Que je me trouve un maraîcher à marier. Je partirai habiter dans une jolie campagne où j'aurai ma maison bien à moi. Je ne vais pas passer ma vie dans cette cuisine à courber le dos devant Annette et à répondre à vos coups de cloche.

— Je croyais que tu ne voulais plus de la campagne...

— Je veux bien de Nanterre, je veux bien d'Argenteuil, qui sont proches de Paris et où l'on vit bien tant qu'on travaille. Mais je ne veux plus de L'Isle-Adam qui est trop loin du monde, où je suis la bête de somme de ma famille, où je n'ai d'avenir qu'à me placer dans des fermes dont les propriétaires me battent.

Vous ne savez pas la chance que vous avez d'être née chez les riches.

— Oh Fanny, dis-je, émerveillée, toi aussi tu es socialiste?

Elle me regarde et secoue la tête.

— Qu'est-ce que c'est que ça, socialiste? Qu'est-ce que ça veut dire? Je ne suis pas socialiste, mademoiselle Lucie. Je suis jeune, je suis en colère et je suis à marier, voilà tout.

Chapitre Douze

De l'immensité de Paris

Je me moque bien de l'indifférence de Jacques. Qu'il persévère, je l'oublierai plus vite qu'il ne l'imagine. J'espère qu'il en aura le cœur brisé, qu'il souffrira de solitude et d'abandon, c'est même tout ce que je lui souhaite. Quand je me souviens de lui, bien entendu. Parce que j'ai bien autre chose à penser. Je suis entièrement occupée par la conspiration.

Fanny ne peut pas m'emmener aux Halles tout de suite. Il faut d'abord convaincre Annette qu'elle est assez sérieuse pour s'y rendre seule. C'est une entreprise délicate. Annette ne lui accorde aucune confiance. Fanny est persuadée qu'elle veut l'empêcher de se retrouver seule avec son maraîcher. Alors, pour se la concilier, elle fait la gentille, elle obéit sur l'instant et avec le sourire. Maintenant que je sais qu'elle n'aime pas être domestique et qu'elle enrage de se soumettre, je trouve qu'elle a du courage, et de la ressource. Je me demande si je serais capable, comme elle, de cacher mes sentiments. Pour être franche, j'en doute.

En attendant, je me prépare. J'ai fait acheter chez le libraire un grand livre sur Paris, un beau volume avec une couverture de cuir vert, qui comprend beaucoup de gravures. On y apprend toute l'histoire des quartiers de la ville, on y trouve aussi des plans. Je ne pensais pas que Paris fût aussi ancien, ni qu'il s'y fût passé tant de grands événements. Je ne connais que nos avenues, le parc où l'on se rend à pied, les Champs-Élysées qui descendent derrière l'arc de Triomphe de Napoléon et donnent dans les jardins des Tuileries. Parfois nous poussons jusqu'à Auteuil, pour rendre visite à la sœur de ma mère, qui vit dans une petite maison tenue par des nonnes. Il est aussi arrivé que ma mère m'emmène avec elle au quartier de l'Opéra, où elle a son parfumeur et son bottier. La ville y est plus noire et plus enfumée, les rues encombrées de voitures et les trottoirs couverts d'une foule qui ne réduit jamais. Mais c'est là qu'on trouve de jolis magasins où commander les macarons, les chapeaux et les gants.

Le Paris que j'habite est tout petit. Je suis heureuse de savoir qu'il en existe un autre, bien plus vaste, qui le continue et le déborde, et qui ne lui ressemble pas. Un Paris fait de dizaines de boulevards inconnus et de rues étroites, construit de petites maisons qui s'étendent à l'infini et couvrent les collines. Toutes sortes de gens y vivent, qui travaillent à toutes sortes de métiers. Les images montrent tout cela très bien, et je passe des heures à les observer pour en noter tous les détails.

Les Halles sont fichées au milieu de l'ensemble, comme la pointe au centre de la toupie. C'est aux

Halles que se vendent et que s'achètent toutes les nourritures et les fleurs de Paris. Pour organiser le commerce, l'Empereur a fait bâtir d'immenses bâtiments de fonte et de verre sous lesquels s'abritent les marchands. Mais il y a tant à vendre et à acheter que ce n'est pas encore assez. Dans les rues alentour, ils s'agglutinent et étalent leurs marchandises sur le sol. Ce marché, c'est une foire et cette foire dure toute la nuit.

Fanny dit qu'elle ne connaît rien de si beau que le marché aux fleurs, de si parfumé que le marché aux herbes, de si puant que celui des poissons. Et qu'à voir tous les légumes posés au sol comme des tapis, et toutes les viandes accrochées aux étals comme des chiffons sanglants, on se demande comment c'est Dieu possible que Paris compte assez de ventres pour en avaler autant tous les jours.

Personne ne m'a jamais conduite aux Halles parce que je suis une demoiselle et que je n'ai rien à y faire. Pour avoir le droit de m'y rendre, il faudrait que je sois pauvre et que je travaille. Le plus regrettable, c'est qu'elles ne sont pas si éloignées de chez nous, encore qu'elles ne soient pas toutes proches. Je me demande si nous devrons nous y rendre à pied. Dans ce cas, nous ferons bien de partir tôt parce que la marche risque d'être longue.

Quand elle me voit plonger dans un livre, Marceline semble contente. Elle aime que je m'intéresse, avant même de savoir ce qui m'intéresse. Mais comme je ne quitte pas celui-là, et qu'il est évident que je ne le lâcherai pas avant d'en avoir lu la dernière ligne, exploré la moindre vignette, ma constance finit par l'inquiéter.

— Qu'est-ce que tu cherches là-dedans ?

— Je veux avoir ma petite d'idée du monde dans lequel je vis. Je ne tiens pas à passer toute mon existence bouclée dans mon petit carré de paradis.

J'ai répondu d'une traite, sans lever la tête. Et j'ai repris la belle expression de Fanny. Elle me plaît beaucoup, même si elle me paraît très exagérée. Je ne pense pas vivre au paradis. Pas du tout. Ou alors c'est que le paradis est bien désolant, qu'il doit en exister un autre, au-dessus de lui. Et que je ne veux même pas savoir à quoi ressemble l'enfer.

Marceline pose le doigt sous mon menton pour me contraindre à lever la tête.

— Qu'est-ce que c'est que cette histoire ? Qu'as-tu découvert pour t'intéresser soudainement à un monde qui n'est pas le tien ?

À mon tour de lever au plafond des yeux d'incomprise.

— Les mondes sont-ils séparés à ce point ? Faut-il s'enfermer dans l'un d'eux et ne rien savoir des autres ?

Ma question n'est peut-être pas pertinente, mais elle n'est pas complètement idiote. Je le vois au visage de Marceline, au regard aimable et soucieux qu'elle pose sur moi.

— Non, Lucie, tu te doutes bien de ce que je pense. Mais rien ne t'oblige, toi qui es la fille de tes parents, qui appartiens à ton milieu, à te préoccuper...

Elle m'exaspère avec sa façon marcelinesque de tourner sans cesse autour du pot. Je l'interromps.

— Marceline, je ne comprends pas un mot de ce que tu me racontes.

— Taratata. Tu sais très bien ce que je veux dire.

— Pas du tout. D'abord, je ne me doute de rien parce que tu ne me dis rien. Ensuite, je m'appartiens à moi et je m'intéresse à ce qui m'intéresse. Enfin, ce livre me plaît, j'en apprends beaucoup, et je ne veux pas en discuter pendant des heures.

— Si c'est comme ça... convient Marceline.

Elle a pris une voix humble et une figure peinée qui me donneraient des remords si je n'étais en colère.

— Mais si tu souhaites me poser des questions, ou reprendre cette conversation, n'hésite pas à me le demander. Je te répondrai.

Elle m'a lâché le menton. Je peux tranquillement retourner à mon livre.

— Merci, ma chère Marceline.

Elle peut toujours faire l'aimable, je ne lui demanderai rien. Je préfère parler avec Fanny, qui est plus aventureuse qu'elle et plus courageuse. J'aime les projets que nous faisons ensemble Fanny me permet de rêver. Avec elle, il m'arrive de toucher mes rêves du bout des doigts.

Fanny n'a pas mis longtemps à convaincre sa tante. Annette est souvent fatiguée ces derniers temps. Il ne faut pas traîner trop longtemps dans ses parages. Elle se plaint que nous la fatiguons, les uns avec leurs exigences, les autres avec leur négligence. Elle prétend qu'elle ne peut compter sur personne pour la seconder et que, si les choses continuent à ce train, elle nous abandonnera, elle rentrera chez elle, et nous serons tous bien attrapés. Personne ne la croit, évidemment. Qu'irait-elle faire à L'Isle-Adam qu'elle a quitté depuis plus de vingt ans ? Mais nous évitons de la contrarier. Même ma mère prend, pour s'adresser à elle, une voix éteinte, qui ressemble à celle qu'on adopte pour parler aux malades.

Fanny a donc commencé par plaindre Annette, avec tant de cœur et d'insistance que l'autre se sentait plus fatiguée à chaque heure qui passait. Puis elle lui a proposé de prendre sur elle une partie des tâches pénibles de la journée, au premier rang desquelles le voyage du lundi jusqu'aux Halles. Devant la mine suspicieuse d'Annette, elle a promis, elle a juré qu'elle ne serait que sagesse. Qu'elle ignorerait les fadaises qu'on lui dirait, et particulièrement celles d'un certain maraîcher dont elle éviterait l'étal («comme la peste, je le jure, ma tante, sur la tête de mes père et mère»). Qu'elle saurait négocier le prix des choses et qu'on ne la tromperait pas sur la fraîcheur d'un poisson. Annette avait tellement envie de la croire qu'elle a pris ses promesses pour argent comptant. Elle a même fini par la remercier de sa sollicitude, ce que Fanny m'a raconté en riant aux larmes. Sur l'instant, j'ai eu honte.

— Je regrette que nous soyons obligées de mentir et de berner Annette, ai-je dit à Fanny.

Elle a haussé les épaules.

— Vous êtes bien molle, vous. Vous ne savez pas ce que vous voulez.

— Si. Mais je peux vouloir une chose et détester les moyens pour y arriver.

— C'est trop de chichi pour moi, tout ça. Si vous n'êtes pas tranquille, vous n'avez qu'à vous confesser. Pour une fois que vous tenez un péché intéressant. Vous verrez si le curé sera content.

Malheureusement pour mon âme, je n'arrive pas à garder en moi un bon sentiment très longtemps. Quand elles ne m'arrangent plus, j'oublie très vite les pensées honorables et je m'accroche à celles qui sont amusantes (et le plus souvent moins honorables). Or, rien n'est plus amusant que d'essayer les vêtements que Fanny me prête pour notre expédition. Elle a descendu de sa chambre sa robe de laine prune, des souliers solides avec de gros lacets, un châle noir et un foulard assez grand pour me couvrir jusqu'aux épaules. Nous nous sommes enfermées dans ma chambre. J'ai coincé la poignée de porte avec le dos d'une chaise.

— Ne bougez pas, ordonne Fanny en serrant férocement autour de ma taille une écharpe si usée qu'on dirait une corde. Je vais essayer de faire remonter cette jupe.

Pour tenir sur mon corps la robe trop grande et trop large, Fanny compte sur la ceinture. Elle répartit de part et d'autre les surplus du tissu. Je pourrais être une de ces créatures qui vendent des fleurs dans la rue, sur de petits plateaux. Celles dont tout le monde sait qu'elles n'ont jamais eu de robe à elles. Celles dont on plaint les vieilles hardes, ramassées on ne sait où, portées autrefois par on ne sait qui. Fanny s'éloigne de quelques pas et me jauge d'un air satisfait.

— Eh bien voilà, dit-elle. Mettez voir le châle... Le foulard maintenant, accroché sous le menton... Regardez-moi comme c'est facile de devenir une pauvresse ! On dirait que je viens de vous ramasser dans la rue pour vous donner un morceau de pain. Dans cet attirail, je parie qu'il se trouvera quelqu'un pour vous donner cinq sous, maigre comme vous êtes.

Je me regarde dans le miroir de la chambre. J'ai beau me connaître par cœur, je ne suis plus si sûre d'être moi. Fanny n'arrive pas à détacher son regard de ma nouvelle allure. Ma nouvelle identité de misérable la stupéfie.

— Et moi, croyez-vous que j'aurais l'air d'une dame si je portais les robes de votre mère ?

Je réfléchis un instant. Je ne l'ai jamais imaginée autrement vêtue que dans l'une de ses trois robes et protégée par son tablier. Mais après tout, pour qu'elle ait l'air d'une autre, il suffirait de changer l'emballage.

— Il faudrait encore t'arranger les cheveux...

— Et alors ?

— Alors oui, tu ferais une très jolie dame. Bien plus jolie que ma mère, qui est plus vieille et moins potelée que toi.

Fanny a la mine excitée d'une petite fille qui viendrait de mettre la main sur un coffret plein de bagues en verre de couleur et en papier d'argent.

— Si je vous emmène là où vous voulez aller, me promettez-vous en retour de chiper une robe à madame que je puisse l'essayer dans votre chambre ?

— Je le promets.

— Topez là.

Je sors une main de ma manche gigantesque et je serre la main de Fanny.

— Et les souliers?

— Ils feront l'affaire. J'ai assez ciré vos chaussures pour savoir que vous avez les pieds larges.

Chapitre Treize

D'un départ à rebondissements

Nous sommes prêtes, prêtes comme Bonaparte à la veille d'un 18-Brumaire. Nous avons les vêtements, nous avons le mode d'emploi. J'ai écrit un bref avertissement que je laisserai en évidence sur mon oreiller si par malheur on venait me chercher avant que je ne sois rentrée : « Que personne ne s'inquiète ni ne se dérange, car je suis en promenade sous la garde de Fanny et serai de retour à dix heures. » Le grand jour est demain et j'ai un mal fou à ne pas trépigner et à garder ma langue. Au fond, j'adorerais pouvoir raconter ce qui m'attend. J'aimerais voir se peindre, sur les figures de mes parents, d'Annette ou de Marceline, la crainte respectueuse. J'aimerais les braver, et que tous restent muets d'étonnement. Mais si je me risque à en toucher un mot à quiconque, il est probable qu'on me bouclera dans ma chambre pour la semaine.

Pour m'éviter les bavardages comme l'énervement, je me suis enfermée dans la bibliothèque. Plongée dans mon grand livre vert, je finis d'apprendre par cœur le chapitre consacré au centre de Paris quand Fanny passe la tête par la porte.

— Lucie, vous avez de la visite.

— Madame Sponze, encore?

— Non, pas madame Sponze.

Elle s'écarte et derrière elle apparaît Jacques, ganté, engoncé dans une veste à brandebourgs.

— Bonjour Lucie, dit-il comme si nous nous étions quittés la veille.

— Comment ça, bonjour?

— Tu n'es pas contente de me voir?

— C'est que je ne suis pas sûre de te reconnaître. Il y a trop longtemps que je ne t'ai vu. Je t'ai un peu oublié.

— Regarde-moi bien. Je suis Jacques, celui que tu as blessé la dernière fois que tu l'as vu.

— Blessé? Quel culot! Je me souviens qu'il m'avait blessée, lui, avec ses manœuvres hypocrites. Mais je n'ai pas le souvenir d'avoir été désagréable. En tout cas, il y a des jours et des jours qu'il ne me donne plus de nouvelles. Il n'a même pas pensé à m'envoyer un mot pour m'informer qu'il était toujours vivant.

Jacques laisse son regard errer au-dessus de ma tête. Il fait celui qui n'entend rien. Quand j'ai fini de l'agonir, il entre dans la bibliothèque, prend une chaise et s'installe à côté de moi.

— Je viens de passer dix jours d'examens. Je n'ai pas eu beaucoup de temps pour me rendre au parc, ni pour envoyer des courriers. Mais voilà, c'est fini. J'aurai de bons résultats, quelques médailles, et la vie peut reprendre son cours. Et de ton côté, quels événements notables annonces-tu?

— Aucun. Je meurs d'ennui dans cette grande maison, et mes seuls amis disparaissent à la première occasion sous prétexte d'examens.

— Ce n'est pas gentil, ce que vous dites là, mademoiselle Lucie.

Appuyée sur les rayonnages, Fanny regarde ses pieds. Elle craint peut-être de me regarder, moi, et que je lise la colère dans ses yeux.

— C'est peut-être vrai que je ne suis pas votre amie, puisque je ne suis que votre bonne. Mais vous n'êtes pas obligée de le dire devant moi. Et si vous vous ennuyez tant que ça, je me demande à quoi sert que je vous emmène aux Halles au risque de ma place. Je ferais sans doute mieux de vous laisser. Quand je vous écoute, j'ai l'impression que je n'existe pas.

Imbécile que je suis. Je ne pense qu'à impressionner une girouette, dont je me passe parfaitement quand elle n'est pas là, et j'oublie Fanny qui est si gentille avec moi et avec qui je m'entends si bien. Je voudrais pouvoir me couper en deux et chasser de moi la partie égoïste et frivole. Je me donne une tape sur la joue pour montrer à Fanny combien je regrette d'avoir mal parlé. Mais elle garde la tête baissée. La gifle n'était sans doute pas assez sonore. Je recommence, assez fort pour qu'elle entende la main claquer et que les larmes me montent aux yeux.

— Fanny, je suis un âne. Je suis contente que tu sois la bonne parce que ainsi tu travailles chez moi et que je peux te connaître. De plus tu es mon amie. Et même, si j'avais une sœur, j'aimerais qu'elle soit toi.

Cette fois, Fanny a levé la tête. Ses joues sont rouge vif et elle n'a pas l'air moins contrarié.

— Allez-vous vous arrêter ? Je ne vous demande pas toutes ces déclarations. Qu'est-ce que j'ai à faire d'être votre sœur ? J'en ai assez chez moi, des frères et des sœurs. Je veux juste que vous soyez polie.

— Elle ne voulait pas vous blesser, lui dit Jacques d'une voix très douce, comme si la douceur de la voix pouvait compenser la méchanceté des paroles. Mais quand elle s'emporte, elle perd la tête. Elle ne réfléchit plus du tout à ce qu'elle dit. Si vous saviez ce qu'elle m'a sorti, à moi, il y a quinze jours...

— Dans un sens, vous me rassurez. Si elle doit être méchante, j'aime autant qu'elle le soit avec tout le monde.

J'en ai assez qu'ils se complaisent sur mon dos, ces deux pauvres victimes. Si je n'étais pas là, ils n'y seraient pas non plus, à se plaindre l'un l'autre et à se faire des grâces. Je m'apprête à le leur faire remarquer quand Jacques me prend de vitesse.

— Alors vous l'emmenez aux Halles ?

Je lance à Fanny des signes désespérés pour qu'elle se taise. Pourquoi faudrait-il partager maintenant avec Jacques ce que nous avons eu tant de mal à mettre au point sans lui ? Mais elle fait celle qui m'ignore. Trop contente, j'imagine, de sa nouvelle alliance.

— Demain matin, à quatre heures. Nous ferons vite. Je compte la ramener au bercail avant que les patrons découvrent le pot aux roses.

— Avez-vous mis Annette au courant ?

— Bon Dieu non. Elle m'empêcherait de sortir.

— Et Marceline?

— Non plus. Je ne crois pas qu'elle approuve l'audace. Elle est gentille, mais elle aime son confort.

— Mais, Fanny, vous n'avez peur de rien?

— De quoi faudrait-il que j'aie peur, mon petit monsieur? Personne ne nous mangera, soyez-en sûr. J'aimerais bien que vous voyiez Lucie fagotée dans ma vieille robe... Tout ce qu'elle risque, c'est qu'on lui fasse la charité.

— Tu dis quatre heures, Fanny?

Tout le visage de Jacques s'est éclairé. Ses yeux brillent. Il ressemble aux lutins du livre que me lisait Marceline quand j'étais petite. J'attends le moment où il va demander de se joindre à nous. D'un certain point de vue, je ne détesterais pas qu'il nous accompagne. Mais je ne veux pas qu'il pense qu'il nous est indispensable. Je suis lasse de sa prétention. Il n'est pas mauvais qu'il apprenne que nous pouvons faire sans lui.

— Avais-tu projeté d'aller au parc, Lucie?

— Non. Je préfère rester à lire.

— Dans ce cas, je vais vous quitter. Et vous souhaiter bien de l'amusement demain.

— Merci. Nous penserons à toi.

— Je vous raccompagne, dit Fanny en constatant que je ne fais pas mine de me lever de ma chaise.

— Vous êtes gentille, Fanny, répond Jacques. Il faut laisser Lucie s'instruire. Je ne l'ai que trop dérangée.

Je vais à la fenêtre et soulève un coin du rideau. Qu'est-ce qu'il a à bavarder encore avec Fanny? Je me demande ce qu'ils trouvent de si amusant à se raconter. Enfin, il se décide. Il traverse la cour d'un pas guilleret et se glisse par la petite porte de côté. Qu'il ne vienne pas se plaindre de ne pas avoir participé à l'expédition. Il n'a rien voulu nous demander. Tant pis pour lui.

J'ai eu si peur de ne pas me réveiller que je n'ai pas fermé l'œil de la nuit. Je sors du lit, je m'arrange tant bien que mal dans la robe de Fanny et je serre le châle sur mes épaules. Bénéfice de ma nouvelle condition, je n'ai pas besoin de me coiffer. Mes cheveux seront couverts par mon foulard. Et quand bien même je l'ôterais, qui voudrait regarder les cheveux d'une si pauvre chose ?

Avant de quitter ma chambre, je pose ma lettre sur mon oreiller. Je prends sous un bras ma robe ordinaire, que je cacherai dans l'office pour la retrouver à mon retour. Je tiens à la main les souliers de Fanny. Je jette un œil dans le couloir désert. Très lentement, sans un bruit, je referme la porte derrière moi.

Elle m'attend dans la cuisine, assise, un panier posé au sol de chaque côté de sa chaise. Elle n'a voulu allumer qu'une seule petite bougie, de crainte sans doute qu'une lampe ne fasse trop de lumière et n'invite au réveil des gens dont nous n'avons pas besoin.

– J'ai cru que vous n'arriveriez jamais, murmure-t-elle.

Elle entrouvre la porte et nous nous glissons dans la cour. Je suis si excitée que je ne sens pas la morsure du froid. Un vent glacé balaie la nuit. L'aube n'a pas encore laissé ses petites traînées grises dans l'immensité noire. Règne la grande nuit silencieuse, qui nous avale comme des ombres. L'avenue déserte me semble immensément vaste, semée de place en place de réverbères bilieux. J'ai le cœur qui bat à se rompre.

Fanny m'a donné un de ses paniers. Nous marchons en silence, à pas pressés. Quand il est bien certain que nous avons laissé derrière nous la maison et tous ses habitants endormis, et que personne ne pourra plus nous entendre, la parole me revient.

— C'est le plus beau jour de ma vie.

— Il ne vous en faut pas beaucoup, grommelle Fanny. Des beaux jours comme ça, moi, j'en ai deux par semaine. Je devrais me le dire plus souvent, que je suis une bienheureuse…

Nous avançons, tête baissée contre le vent, sous le défilé des arbres noirs. Eux qui semblent nous protéger dans la journée, de la pluie comme du soleil, nous menacent la nuit. Leurs branches cachent la lune et aggravent l'obscurité. Le vent les cogne les unes contre les autres, soupire dans leurs entrelacs, fait craquer les plus vieilles et siffler les plus souples.

— Dis, Fanny, faudra-t-il traverser Paris à pied?

— Ne vous souciez pas tant. Nous trouverons bien une charrette pour nous emmener. Des charrettes, on n'aura pas de mal à en arrêter. Vous allez voir comme elles sont nombreuses. Elles viennent des campagnes tout autour pour livrer à Paris. Nous voyagerons sur le plateau, au milieu des navets. En attendant, pressez le pas ou nous ne serons jamais rendues.

Fanny me précède d'une bonne longueur. J'ai beau avoir les pieds larges, ses chaussures sont un peu grandes

112

et me ralentissent. Je trottine derrière elle sans me plaindre. Je sais trop bien ce qui m'attend si je m'avise de râler: un déluge de reproches et de protestations.

Soudain, elle ralentit le pas. Elle regarde autour d'elle. On dirait qu'elle cherche quelque chose. J'en profite pour la rejoindre.

— Nous sommes perdues?

— Mais non... Ah! Là-bas!

Elle vient d'apercevoir ce qu'elle attendait. À quelques dizaines de mètres, au croisement de la rue de Longchamp, stationne une voiture fermée. Accrochées au-dessus des portes, deux lanternes se balancent. Le cocher retient le cheval, une haute bête qui piétine et dont la robe noire fume dans la nuit.

— Où vas-tu?

— À la voiture. Suivez-moi.

Qu'est-ce qu'elle va y chercher, dans cette voiture? Je n'avais pas eu peur jusque-là, et voilà que Fanny m'inquiète. Je n'aime pas l'idée qu'elle m'ait caché quelque chose. Je n'aime pas l'idée qu'elle ait des secrets pour moi. Que sais-je de Fanny après tout, si ce n'est qu'elle est risque-tout, comédienne et tête brûlée?

Mais je n'ai plus le choix. Il est trop tard pour jouer ma partie toute seule. La porte de la voiture s'entrouvre. En sort une main gantée qui nous fait signe.

— Dépêchez-vous de monter ou nous finirons tous gelés.

La voix est rauque. Difficile de dire si elle appartient à un homme ou à une femme. Fanny s'engouffre dans la voiture. Je la suis et j'atterris sur les genoux de Jacques.

— Tu ne pensais quand même pas que j'allais vous laisser sans moi?

Mon visage ahuri doit prêter à rire. Jacques est hilare. Il porte une veste de velours noir que ferment de gros boutons de bois. Il tient relevée sa casquette sur le front. Fanny s'est assise à côté de lui, son panier sur les genoux.

— Mettez-vous à l'aise, jeune fille, dit la voix rauque. On ne vous gardera pas couchée sur nos genoux tout le voyage.

C'est une femme. Elle est grande, enroulée dans une cape outremer. On lui devine un beau visage, qu'ordonnent des yeux sombres, une bouche charnue et un nez aquilin.

— Je vous présente ma cousine Blanche, dit Jacques. Elle a tenu à venir elle-même acheter un cœur de veau.

— Bonjour madame, dit Fanny.

Je reste muette. La surprise vient de me rendre idiote. Blanche ferme la porte et tourne vers moi son grand nez majestueux.

— C'est vous, la petite Lucie? Vous êtes drôlement attifée pour une gamine de l'avenue. On dirait qu'on vient de vous sortir de l'orphelinat pour vous jeter dans le ruisseau.

— C'est vrai que tu as une drôle d'allure, confirme Jacques.

— Elle n'avait pas les vêtements qu'il faut, intervient Fanny. J'ai dû lui prêter une robe. Je ne voulais pas la traîner derrière moi déguisée en communiante.

— Vous n'êtes pas si mal, concède Blanche. Vous avez l'air de vouloir mourir de misère d'une minute à l'autre. C'est touchant.

Elle frappe de la main sur la cloison de la voiture. On entend dehors le cocher encourager son cheval. La voiture s'ébranle. Puis elle s'arrête. On tambourine à la porte.

— Qu'est-ce qu'on nous veut encore? grommelle Blanche en se penchant vers la poignée.

J'imagine le double visage de mes parents s'encadrant sur la toile noire de la nuit. Je pense m'évanouir et je ferme les yeux quand j'entends la voix familière de Marceline.

— Lucie! Descends!

— Oh que non! dit Blanche. Elle vient de grimper à bord et je ne vais pas la laisser s'enfuir aussi vite.

— Très bien. Dans ce cas, c'est moi qui monte...

Si Marceline pensait nous impressionner, elle en est pour ses frais.

— Avec plaisir, Marceline, approuve Jacques. Je suis content que vous puissiez vous joindre à nous.

— Jacques? Fanny?

Marceline a poussé la tête à l'intérieur de la voiture et nous regarde, éberluée.

— Mais enfin, proteste Blanche, qui peut m'informer de cette personne que tout le monde connaît et qu'on ne me présente pas?

— L'institutrice de Lucie, répond Jacques. Marceline.

Le visage de Blanche se détend. Elle n'attendait que les présentations pour s'amadouer.

— Enchantée, mademoiselle. Vous serez gentille de vous décider à monter. Nous n'allons pas passer le reste de la nuit à palabrer sur le pavé.

Il y a dans la voix de Blanche une autorité qui ne tolère pas le refus. Marceline ne résiste pas plus longtemps. Elle se hisse sur le marchepied et s'introduit dans la voiture. Blanche lui fait une place à côté d'elle. Entouré de Fanny à sa droite et de moi à sa gauche, Jacques sourit aux anges.

— C'est exactement ce dont je rêvais, dit-il. Mes quatre femmes préférées et moi seul au milieu.

— En tout cas, constate Fanny avec soulagement, maintenant que Marceline est là, on ne peut plus rien me reprocher. Tous les péchés de Lucie lui seront comptés.

— Nous pouvons repartir ? demande Blanche. Mais peut-être attendez-vous encore quelques connaissances ?

— Plaise au ciel que non, dit Marceline. J'espère que Lucie aura eu la chance de ne réveiller que moi… Parce que tu en fais du bruit, bourrique, en descendant les escaliers !

CHAPITRE QUATORZE

Des plaisirs de la découverte

Le nez collé à la vitre, je regarde défiler les rues noires qui se resserrent au fur et à mesure que nous pénétrons dans le cœur de la ville. On ne distingue pas grand-chose hormis quelques façades qu'éclairent tristement les lueurs jaunes des becs de gaz. La nuit est interminable quand on se lève tôt.

Nous avançons lentement. Nous avons rejoint les files de charrettes qui s'étirent au long des rues et patientent aux carrefours. Leurs vieux canassons connaissent l'itinéraire par cœur et cheminent à très petit train. Sur le plateau de celui-ci s'entassent des montagnes de carottes, de choux sur celui-là. Des amoncellements de topinambours, des monceaux d'oignons. Et des glaïeuls, soigneusement rangés dans des linceuls de papier. C'est un incroyable défilé, qu'agitent les fouets des conducteurs, les grognements des bêtes et les appels qu'on se lance d'une charrette à l'autre. Mille et mille rois mages terreux, chargés d'ail, de menthe et de navets, progressent patiemment vers le saint des saints.

Blanche passe la tête par la portière et appelle le cocher.

— Vous rangerez la voiture dans le haut de la place des Victoires, dit-elle. Nous continuerons à pied.

Cette fois, nous sommes tout proches. Je suis épuisée par l'excitation.

— Jacques, dis-je, peux-tu le croire, toi, que nous arrivons ?...

Blanche me lance un long regard, dont je ne saurais dire s'il est intéressé, bienveillant ou moqueur. Puis elle s'adresse à son cousin.

— Tu feras attention à ne pas la perdre des yeux, elle m'a l'air un peu exaltée.

— Je ne la quitterai pas d'un pouce, répond Jacques. Mais rassure-toi. Dans sa tenue, elle n'est pas facile à perdre.

— Si vous voulez en prendre la charge, intervient Fanny, je suis bien soulagée. J'irai faire mes achats toute seule. Je vous retrouverai plus tard, quand mon panier sera plein.

— Personne d'autre que moi ne la quittera d'un pouce ni ne la prendra en charge, dit Marceline d'un ton offusqué. Pourquoi donc pensez-vous que je suis montée dans cette voiture au milieu de la nuit ?

— Pour le plaisir de notre compagnie, répond Jacques.

— Elle en a de la chance, cette gamine, remarque Blanche. Je rêve d'être l'objet de tant de sollicitude. Hélas, personne ne craint de me perdre.

Avant que quiconque ait eu le temps de protester, elle ouvre la porte de la voiture.

— Allez-y, ordonne-t-elle. Descendez.

Le jour n'est pas encore levé que, pour la deuxième fois, Marceline, qui ne s'en laisse d'ordinaire conter par personne, obéit sans mot dire. Elle ramasse les plis de sa jupe et descend sur le pavé glissant.

L'aube a ouvert des crevés dans le ciel noir. Au bout de la rue Coquillère, on voit se profiler l'ombre immense d'une grande église. Marceline prend ma main dans la sienne comme si j'étais une petite fille. Je me dégage aussitôt. Ici, personne ne se tient la main. Quant aux jeunes filles, elles sont toutes occupées. Debout sur les plateaux, elles déchargent les légumes. Accroupies au sol, elles les rangent soigneusement en belles mosaïques. Assises sur un ballot de paille, elles guettent les clients et marchandent pour ne pas lâcher à deux sous ce qui en vaut quatre. Que penserait-on de moi, qui n'ai déjà que trop l'air de flâner, si je restais accrochée à la main de mon institutrice ?

Nous nous frayons un passage dans la foule. Blanche nous précède et nous guide. Elle est repérable, et de loin, à sa haute silhouette et à son fichu rouge vif.

Je ne sais pas si nous sommes assortis à ceux qui nous entourent. Mais une chose est sûre : serions-nous vêtus en princes d'Espagne que la chose n'aurait encore pas beaucoup d'importance. Dans la nuit, on ne gaspille pas son temps à s'observer. Les habitués retrouvent ceux qu'ils connaissent. Les autres, ils ne les voient même pas.

Au long des rues sombres brillent des enseignes bariolées, accrochées aux façades. Voyant que le jour point, les vendeurs éteignent une à une leurs lanternes. Partout du bruit. Partout des cris, des marchandages, des invectives. Partout des odeurs, certaines fines comme des parfums d'eau, d'autres sauvages, qui prennent à la gorge et écœurent. Et pardessus, des odeurs de soupe et d'oignon, de pain qui cuit, de viande qui grille. J'ai la tête qui tourne, à me demander si c'est le bruit de la foule, son contact ou son odeur qui me saoule.

Blanche s'est arrêtée aux pieds d'une femme assise devant un réchaud. La marmite tient en équilibre sur une bassine de fer dans laquelle couve un petit feu de braise. La femme déplie un linge et en sort une tranche de pain qu'elle enfonce dans un bol. Elle couvre le tout d'une louche de bouillon, puis tend le bol à Blanche. C'est terrible, la graisse dessine sur la soupe de grosses étoiles luisantes. Blanche y met la main, en sort des morceaux de mie dégoulinants qu'elle porte à sa bouche avant de sucer ses doigts. Nous la contemplons, stupéfaits, quand elle nous désigne d'un geste à la marchande. Bientôt, quatre bols fumants nous attendent, posés au sol devant la marmite.

— Alors! crie la femme. C'est pour aujourd'hui ou pour demain?

Adossés au mur, Jacques, Fanny et Marceline mangent de bon cœur. Je serais curieuse de savoir où ils ont pris le goût de ce genre de mixture. Ce n'est pas que ce soit vraiment mauvais, mais tout est étrange. L'onctuosité douteuse du bouillon, les lanières blanchâtres qui y flottent, le goût fermenté du pain noir qui se délite.

— Je n'ai pas faim, dis-je en rendant mon bol à la marchande.

Elle me regarde avec méfiance. Elle me soupçonne probablement d'être malade. D'une personne habillée comme je le suis, on n'attend pas qu'elle fasse la dégoûtée. On sait qu'elle avale tout, trop contente d'avoir à manger. Pour me faire pardonner, j'ajoute :

— Je vous remercie, madame.

Elle se met à rire franchement.

— Madame ! Madame ! Si ce n'est pas tordant, cette petite gueuse qui m'appelle madame…

Fanny me prend le bol des mains.

— Elle n'a pas d'appétit, fait-elle, mais elle a de l'éducation. Elle est tombée de haut, la pauvre. Si c'est pas triste, la misère…

Sur le visage de la marchande se peignent successivement le doute et la compassion.

— Pauvre gamine, fait-elle. Vaudrait mieux pour elle n'avoir connu que la rue.

Marceline a reculé de quelques pas. Elle contemple avec désapprobation Fanny qui termine ma soupe. Puis elle me prend par le bras et m'entraîne.

— Au moins, elle a trouvé quelqu'un pour s'occuper d'elle, soupire la marchande tandis que je m'éloigne. C'est pas tous les gosses qui peuvent dire ça.

Les cloches retentissent à toute volée. Leur sonorité puissante et claire monte au-dessus du vacarme du marché et semble grimper au ciel. Il est cinq heures et nous sommes arrivés tout en bas de la rue Coquillère. Devant nous s'élève la masse de Saint-Eustache. En face, le nez collé à la maison du bon Dieu, les gigantesques carcasses des Halles. Leurs puissantes poutres noires sortent du sol et se hissent dans la nuit, prenant appui les unes sur les autres. C'est un incroyable échafaudage. Entrant et sortant sans fin de leurs carapaces géantes, se pressent des hommes et des femmes chargés de sacs, de caisses et de paniers. Fanny se tourne vers nous.

— Vous m'excuserez, mais j'ai à faire. Pendant que vous vous amusez, je vais chercher ce dont j'ai besoin.

— Dommage, remarque Blanche. Nous avions un guide, voilà qu'il nous abandonne.

— Toujours les grands mots, fait Jacques en haussant les épaules. Personne ne nous abandonne. Elle va faire ses achats. Nous la retrouverons tout à l'heure. N'est-ce pas Fanny?

Fanny, qui a craint un moment qu'on veuille la garder, l'approuve avec chaleur.

— Rendez-vous à la sonnerie de six heures, au même endroit, sur le parvis.

Sans elle, les choses ne seront plus pareilles. D'abord, il est certain que je ne verrai pas son futur maraîcher et je suis déçue. Ensuite, comment allons-nous nous débrouiller? S'il faut suivre Blanche, qui est tellement autoritaire, la promenade menace d'être moins amusante.

— Qu'est-ce qu'on va faire sans toi?

— Vous promener, tiens donc. Je vous explique: là-devant, les viandes, après quoi vous aurez les triperies.

Derrière, sur la gauche, les poissons. Sur la droite, encore des fruits, encore des légumes. Pour les fleurs, vous les trouverez derrière, près de la place des Innocents. Les herbes, c'est entre tout ça. Ne faites pas ces mines apeurées, ce n'est pas si grand. Si vous vous perdez, cherchez l'église, on la voit de partout.

— Elle a raison, cette gamine, insiste Jacques. Laissez-la mener ses petites affaires.

Fanny ne se le fait pas dire deux fois et disparaît en un instant, avalée par la foule.

— Parfait, dit Marceline d'un ton pincé et en regardant Blanche. Où allons-nous maintenant?

— Nous perdre, ma chère, répond Blanche en passant le bras sous celui de Marceline.

Jacques glisse le sien sous le mien. Je suppose que nous devons avoir une belle allure, le fichu rouge de Blanche acoquiné au petit feutre bleu de Marceline, la veste sombre de Jacques à ma robe couleur de prune trop mûre.

Nous attendons Fanny depuis dix minutes et j'ai les jambes qui tremblent. Je m'assieds sur les marches du parvis. Ce qui serait interdit, inimaginable, insensé à proximité de chez mes parents m'est ici permis. Tout un tas de gens sont assis sur ces escaliers. Ils ressemblent à des grenouilles posées autour d'une mare, se reposent de leurs efforts, mangent des morceaux de lard sur du pain qu'ils achètent à la vendeuse qui passe et repasse au milieu de nous.

— Elle ne va pas tarder à arriver, plaide Jacques. Elle a promis d'être à l'heure.

— Tu admettras qu'elle nous fait attendre, répond Blanche, qui affecte d'être mécontente, mais ne l'est pas tant que cela.

À marcher bras dessus, bras dessous avec Marceline, elles se sont trouvé des affinités. En dépit de la fatigue qui nous gagne tous, elles sont toutes les deux de fort bonne humeur, ce qui contraste heureusement avec les moues chagrines de Marceline un peu plus tôt en matinée.

— Si ma tante apprend que j'ai accompagné la fugue de sa fille, je n'aurai plus qu'à remplir ma malle et à reprendre la route de Bourges, soupire Marceline.

Étonnamment, elle ne paraît pas si fâchée de cette perspective. Elle sourit même, comme un enfant qui se réjouit d'une mauvaise plaisanterie.

— Si c'est d'une place que vous avez besoin, la rassure Blanche, vous n'êtes pas en trop grand péril. Je peux vous en proposer une.

— C'est fort aimable, mais je ne m'imagine pas accepter une charge de gouvernante chez des inconnus.

— Qui vous parle d'être gouvernante ? Et chez des inconnus ? Je vous propose de travailler pour moi, n'est-ce pas plus sympathique ? Vous seriez ma secrétaire, je vous traînerais en voyage et vous n'auriez plus à surveiller cette jeune fille qui est certainement bien gentille, mais qui n'est qu'une moitié de compagnie.

— Rien ne dit que nous nous entendrions assez...

— Vous n'en savez rien. Prenez le temps de réfléchir.

Je suis assise tout à côté d'elle, et ce monstre sans cœur ne fait même pas l'effort de baisser la voix pour épargner ma peine. C'est donc tout le cas qu'elle fait de moi? Elle est prête à m'abandonner du jour au lendemain pour suivre une cousine de France, autoritaire et forte en nez. Elle qui était prête, quelques jours plus tôt, à dépêcher toute la famille à la guillotine. Je prends ma voix forte pour la rappeler à l'obligeance.

— Je te rappelle que je suis là et que je t'écoute.

Elle baisse la tête et feint de me découvrir à ses pieds. À croire qu'elle m'avait oubliée. Une forme indistincte et abandonnée, confondue dans les masses sombres de la foule.

— Ne prends pas chaque mot pour argent comptant, dit-elle sans se troubler. Blanche me voit inquiète et veut me consoler. Elle est bien aimable, mais ce ne sont là que des paroles en l'air.

— Des paroles en l'air? fait Blanche. On voit que vous me connaissez mal.

Nous en sommes là de cette passionnante conversation quand elle est interrompue par un cri qui monte de l'autre bout du parvis.

— Mademoiselle Marceline! Mademoiselle Marceline!

Marceline se tourne vers l'endroit d'où vient la voix. Postée devant la porte latérale de l'église, une silhouette secoue éperdument les bras avant de s'élancer. Dans son caftan brun, elle ressemble à un choucas, à une buse déployant largement ses ailes. Du bout du pied, elle écarte sans précaution les assis de son chemin. Elle s'approche. Les ombres de la nuit masquent encore son visage. Je n'arrive pas à distinguer ses traits.

C'est aux mèches folles qui s'échappent du chapeau que je la devine.

– Malédiction! murmure Marceline.

– Ça alors! crie Mme Sponze, échevelée, ivre de surprise. Si je pensais vous trouver ici! Vous! Vous!

En témoignage d'enthousiasme, elle pose les deux mains sur les épaules de Marceline et colle son visage au sien. Je vois le dos de Marceline se raidir, et son cou rentrer dans ses épaules. Déçu, le grand corps de Sponze s'éloigne, son visage se baisse, ses yeux descendent. Ils dégringolent, ils glissent jusqu'à mon petit corps recroquevillé sur la marche. Ils fouillent la pénombre, cherchent le visage, hésitent à le reconnaître. Ils insistent. Ça y est. Elle m'a identifiée.

– Lucie!

Je suis faite. La bouche béante, le menton affaissé, elle me contemple, sidérée. Dans le désarroi, je ne trouve rien d'autre à lui adresser qu'un sourire défait. J'espère que Marceline possède des arguments suffisamment solides pour l'obliger au silence, parce que je ne suis pas en état d'assurer ma défense. N'attendez de moi ni mensonges ni supplications. Je ne dirai plus un mot, j'en suis privée à vie.

Sponze se penche sur moi et saisit à pleine main le jupon de ma robe. Elle le secoue, le soupèse, le regarde et prend une mine dégoûtée.

– Non mais, qu'est-ce que c'est que ce tissu ridicule? marmonne-t-elle. Cette couleur affreuse... Des robes comme ça, on n'en voit plus depuis vingt ans. Et puis elle est bien trop grande. Regardez-moi ce gâchis! On dirait une lépreuse.

Chapitre Quinze

De ce qu'on n'attendait pas et de ce qui arrive

— Une nouvelle amie?

Les yeux pétillants, Blanche contemple notre groupe d'effarées.

— La couturière, acquiesce piteusement Marceline. Madame Sponze...

— Comme c'est charmant, ces retrouvailles en cascade...

Blanche se frotte les mains. Ce n'est pas l'envie d'ironiser qui lui manque, c'est le temps. D'un pied guilleret, Fanny monte les marches du parvis, un panier rempli au bout de chaque bras. Elle a les joues roses et le sourire conquérant. Elle n'est pas d'humeur en somme à partager nos affolements. Elle a reconnu Sponze au premier coup d'œil et se jette sur elle.

— Ce n'est pas moi, lui crie-t-elle dans la figure.

— Que tu dis... rétorque l'autre qui ne l'a jamais beaucoup aimée.

— C'est la faute de Marceline! Vous lui voulez du mal, à Marceline? Répondez Sponze, vous lui voulez du mal?

— Certainement pas, mais…

— Alors le mieux sera de vous taire! Parce que si vous en dites un mot à Annette, elle ne saura pas garder le secret. Vous la connaissez. Et vous connaissez madame…

— Arrête de me crier dans les oreilles, je ne suis pas sourde. Qu'est-ce que j'irais bavarder quand on ne me demande rien? Mais je te conseille de te faire toute petite, toi, parce que si j'ai de la discrétion, j'ai aussi de la mémoire.

— C'est bon, c'est bon, grommelle Fanny. Tout le monde jure silence et on en reste là.

Mme Sponze se tourne vers moi.

— Je veux bien me taire pour la petite gouvernante. Mais vous, Lucie, la prochaine fois que vous aurez besoin d'une robe pour vos manigances, vous me ferez le plaisir de m'en toucher un mot. Vous me faites honte, attifée comme vous l'êtes. À quoi ça sert que je me crève la peau à vous donner figure humaine, si c'est pour vous retrouver en souillon, au vu et au su de toute la ville?

— Il sera bientôt six heures, remarque placidement Jacques en levant la tête vers le cadran lumineux de Saint-Eustache.

— Encore un peu tôt pour rentrer au nid, dit Blanche.

J'aimerais bien ne pas trop tarder. Maintenant que j'ai vu le marché, je préfère m'en retourner de bonne heure. Rien ne m'effraie plus que l'idée d'affronter mes parents réveillés. Je compte sur la sagesse de Marceline pour nous ramener chez nous tant qu'ils dorment encore. Une fois de plus, j'ai tort. Marceline juge que l'heure n'est pas venue d'en finir avec les amusements. Et quand Blanche propose, pour terminer la visite, de chercher un endroit où l'on boit, elle approuve en battant des mains.

— Si c'est une cantine que vous cherchez, conseille Mme Sponze qui s'est apaisée, vous en trouverez tout le long de Montorgueil. Il y en a de joyeuses et de joliment carrelées.

Elle resserre autour de sa taille la ceinture de son caftan.

— Je salue la compagnie, lance-t-elle en nous quittant, comme elle nous a trouvés, agglutinés sur notre marche.

Jacques s'apprête à descendre vers la rue quand Fanny secoue la manche de sa blouse.

— Si vous voulez passer le bonjour à Jean Martin, je sais où le trouver à cette heure. Il quitte son tablier au carreau des viandes et va casser la croûte chez les Auvergnats.

— Parfait, répond Blanche qui a l'oreille à tout et tient à conserver ses prérogatives de chef de bande. Allons retrouver cette personne. Jacques fera les présentations.

Le jour est presque levé et l'on voit loin devant soi, autant que le permettent les ruelles encombrées. Loin d'avoir déserté la rue Montorgueil, le flot humain semble s'être encore épaissi. Quelques magasins ont levé leur rideau, et les beaux étals font concurrence aux déballages des marchands de rues. Malmenés sur les pavés inégaux, mes immenses souliers me font mal aux pieds. Clopin-clopant, je boite derrière Fanny, qui a pris la tête de notre cortège. Elle s'arrête devant une vitre enfumée et fait à Jacques un signe de la tête. Voilà le repaire de Jean. De la rue, l'intérieur paraît très sombre, et par la porte entrouverte s'échappent des cris et des applaudissements.

— Je ne veux pas être rabat-joie, dit Blanche à son cousin, mais je ne crois pas très prudent d'entraîner les jeunes dames dans ce désordre.

— Laissez-moi entrer et je reviens vous donner mon avis sur l'endroit.

Jacques s'engouffre dans le réduit tandis que Fanny et moi collons le visage à la vitre pour le suivre des yeux. Au milieu de la pièce enfumée, on distingue un homme debout sur une table, qui harangue la clientèle attablée. Il frappe l'air de grands gestes du bras et se tourne de tous côtés pour s'adresser à chacun. Tous ont le visage dressé vers lui et l'approuvent à grands cris. Il arrive que l'on se lève pour l'applaudir, dans un élan d'enthousiasme. J'ai beau ne pas saisir un mot de ce qu'il raconte, je suis presque convaincue par ses gestes fougueux. Si j'étais là-dedans, moi aussi certainement, je l'applaudirais à tout rompre.

— Je ne vois rien, se plaint Fanny. J'ai le souffle trop chaud. Il me fait de la buée jusqu'aux yeux.

Par chance, je ne suis pas si frileuse, ni si bouillante, j'ai le souffle tiède. La vitre reste assez transparente pour que j'arrive à voir le visage de l'orateur. Un beau visage, barré d'une fine moustache, aux yeux assombris par la fièvre et qu'illumine la force de la passion.

Le visage d'Achille. D'Achille. Achille. Où suis-je?
Un nuage me passe devant les yeux. Je glisse le long
de la vitre et m'affaisse sur le sol.

— Lucie? Lucie?

Marceline s'agenouille auprès de moi et me donne
de petites tapes sur les joues.

— À l'intérieur, dis-je faiblement. Regarde à l'intérieur.

Elle se relève et prend ma place à la vitre quand
Fanny, qui vient de retrouver la vue malgré sa buée
brûlante, se met à sauter sur place comme une possédée.

— Au nom de Dieu! Je vois le jeune monsieur!

Elle ne sauterait pas plus haut si elle venait de voir
apparaître sainte Rita sur son nuage de gloire.

Je me relève et j'époussette ma robe quand Jacques
sort du café, le visage radieux.

— Il est là, dit-il comme si nous étions follement
impatientes de l'apprendre. Je l'ai vu. Il mange, il a eu
l'air content de me voir. Nous sommes convenus que
j'irai le rejoindre. Nous ferons ensuite tous les deux le
tour du quartier. Mais je vous le dis sincèrement, je ne
pense pas que le moment soit bien choisi pour vous
joindre à nous. Ses amis ne sont pas exactement de
ceux qu'on rêve de vous présenter. Et ils sont tous très
excités par un agité qui vocifère contre les capitalistes,
l'armée et le gouvernement. Le mieux serait sans
doute que vous retourniez sans moi vers les quartiers
tranquilles. Je vous rejoindrai plus tard dans la matinée.

— Avez-vous prévenu Jean que j'étais avec vous?

— Bien sûr, Fanny. Mais il a autre chose à penser. Il veut terminer son déjeuner. Il a travaillé toute la nuit et il est affamé.

— Vraiment, c'est agréable! maugrée Fanny. S'il préfère la compagnie d'un jeune monsieur à celle de son ancienne fiancée...

— Jacques, intervient Marceline, cet orateur, ne lui avez-vous rien trouvé de particulier?

— Non. On ne distingue pas grand-chose dans la pénombre enfumée. Si vous voulez mon avis, il ressemble trait pour trait à tous ces enragés qui excitent le peuple contre l'autorité. Il parle bien, et fort. On n'a pas besoin de le regarder pour l'entendre.

— Bien, très bien, fait Marceline d'une voix fort nerveuse. Vous n'avez donc rien vu.

Jacques n'a pas le temps de s'étonner des curieuses réflexions de Marceline. Un grand tumulte se fait entendre. Des cris encore, des bravos, des hourras et un vacarme de chaises renversées. Il jette un coup d'œil par la porte entrouverte.

— Tiens, le voilà qui descend de sa table. C'est qu'il a fini d'allumer les esprits ici. Il va partir continuer ailleurs. Ces gens-là n'en ont jamais fini. Ils ont la folie de la rébellion.

Une grande silhouette sort brusquement du café, une jeune femme accrochée à son bras. Marceline et moi suivons d'un même regard hypnotisé le manteau de mon frère, le chapeau de mon frère, son écharpe et ses guêtres. Et la femme collée à ses basques, dont le visage est dissimulé par une capeline rabattue sur les tempes. Achille se penche vers elle et lui parle dans l'oreille. Ses yeux parcourent les alentours. Ils glissent sur nous sans nous voir, figurantes anonymes de la foule indistincte. Ce qu'ils cherchent, et ce qu'ils redoutent, ce sont les uniformes des policiers ou les ombres des espions. Mais tout cela ne dure qu'une minute. Déjà, il s'éloigne. Quelques secondes encore, son chapeau flotte sur la marée humaine. Puis il s'évanouit.

— Qu'est-ce que je vous disais ? commente Jacques triomphalement. Il a filé.

Il s'avise alors que trois de ses quatre femmes pré-férées semblent sous l'effet d'un choc. Fanny est en nage, je suis rouge pivoine et Marceline couleur de craie. Il éclate de rire.

— Vous avez de petites figures fort fatiguées. Se lever si tôt le matin n'est pas une partie de plaisir pour tout le monde. Blanche, vous devriez rejoindre la voi-ture et rapatrier la troupe.

— Alors c'est décidé ? Tu nous plantes là et tu restes avec ce Martin qui refuse de nous être présenté ?

Blanche lui tourne le dos.

— Oh Blanche ! gémit Jacques. Ne fais pas semblant de m'en vouloir.

— Je ne fais pas semblant. J'en ai assez que tu te serves de moi pour arranger tes affaires.

— Ne vous souciez pas pour nous, murmure Mar-celine. Nous arriverons à rentrer par nos propres moyens.

— C'est sûr, ajoute Fanny. Par exemple, je connais un maraîcher qui ne serait pas fâché de nous raccom-pagner.

Profitant que l'attention s'est momentanément détournée de lui, Jacques s'est éclipsé. Constatant qu'il n'est plus là, Blanche se radoucit.

— Jamais de la vie. Vous retrouverez votre béguin au prochain marché. Il préférera vous promener quand vous serez toute seule, plutôt que flanquée de toute une troupe de chaperons. Pour moi, je me fais un devoir de ramener tout le monde à bon port. Allons-y sans tarder, je ne veux pas avoir de drame familial sur la conscience.

Un petit soleil blanc a vaillamment entamé l'ascension du ciel quand nous retrouvons la voiture. Le cocher somnole sur son banc, enroulé dans sa cape. Il met pour nous ramener à bon port moins de temps qu'il n'en a fallu pour arriver. Il est vrai que les avenues sont dégagées de la cohorte des voitures qui les encombraient quelques heures plus tôt. Il est vrai aussi que les chemins semblent toujours plus courts au retour qu'à l'aller. C'est triste à penser, mais, une fois qu'on a fait l'expérience des choses, elles perdent de leur épaisseur. Ce qui vaut aussi bien pour la longueur des routes que pour la fête de Noël, et même pour l'essayage des nouvelles robes.

Chapitre Seize

Des silences et des secrets

Il n'est pas huit heures quand la voiture nous laisse au coin de la rue de Longchamp. Si le paradis est un endroit aéré, gris et vide, alors certainement nous y sommes de retour. À l'enfer, la nuit, le bruit et les odeurs. Au paradis, l'ennui et l'uniformité.

Fanny se glisse la première dans la cour, qu'aucun trouble particulier n'agite si tôt matin. Nous la suivons de loin, Marceline et moi. Elle entre dans la cuisine (pas de cri, pas de bris d'objet, pas de réaction notable) et de la fenêtre entrouverte nous fait signe de la main. La voie est libre, nous pouvons la rejoindre.

— Annette est à la buanderie, fait Fanny en me tendant la robe que j'ai roulée en boule et fourrée, quelques heures plus tôt, sous le coffre à pain. Je vais la rejoindre et l'assommer de sottises. Vous aurez le temps de vous rhabiller. Quand je remonterai, prenez ce bon air d'avoir trop dormi que vous avez les matins ordinaires.

— Moi, Fanny? Moi, je dors trop? s'indigne Marceline.

— Je ne me permettrais pas, dit Fanny en gardant la porte entrouverte sur son visage moqueur. J'ai seulement parlé de cet air que je vous vois d'habitude. Mais c'est peut-être qu'il vous faut, à vous, beaucoup de sommeil...

Là-dessus, elle laisse la porte se fermer sur elle et on l'entend dévaler l'escalier.

— Cette peste, fait Marceline en m'aidant à me défaire ma robe. Elle est un peu plus intenable chaque jour.

Je patauge littéralement dans le tas de tissu écroulé au sol. Je me demande comment j'ai pu supporter un tel poids sur le dos.

— Marceline, est-ce que j'avais l'air, dans cette robe, d'un moine nain, enroulé dans sa houppelande?

Elle lève le nez au plafond et inspire bien fort, comme un poète cherchant l'inspiration, ou comme un épicier calculant de tête le montant de votre compte.

— Peut-être un peu. Quoique, à la réflexion, tu avais plutôt l'allure d'un champignon, son gros chapeau rebondi surplombant une taille épaisse, et là-dessous un large pied évasé jusqu'au sol. Le tout d'une couleur indéfinissable.

— Veux-tu bien me passer ma robe et les souliers, au lieu de persifler? Et pourquoi dis-tu que Fanny est une peste? Tu ne l'aimes plus?

— Oh si! je l'aime bien. Et sans doute plus que tu ne crois. Mais je ne l'approuve pas de t'avoir emmenée dans cette histoire. Je sais que je suis responsable de tout: j'aurais dû mettre le holà, interrompre le carrousel à temps. Il faut croire que je suis bien faible d'esprit... Je me suis contentée de vous suivre et de bavarder avec Blanche. Je suis indéfendable. Ce qui fait que Fanny peut se montrer aussi insolente qu'elle le veut, j'aurais bien du mal à lui faire entendre des reproches.

— Elle ne veut pas de reproches. Ce qu'elle veut, c'est se marier et vivre sa vie, et tout ce que tu pourras lui dire lui chauffera les oreilles.

À sa manière de soupirer, je vois bien que Marceline sait que j'ai raison.

— Quelle maison... dit-elle. Entre ceux qui menacent de se retirer, ceux qui veulent se marier, ceux qui rêvent d'Amérique et ceux qui mènent une double vie, une poule n'y retrouverait pas ses poussins.

— Oh! j'avais presque oublié Achille...

— Tais-toi donc! Ce n'était pas lui. Il dort probablement bien au chaud dans son lit. Celui que nous avons vu n'entretenait avec lui qu'une vague ressemblance.

— Traîtresse! Comment peux-tu me dire des choses pareilles? Tu n'y crois pas toi-même!

Elle me tourne sur moi-même comme une toupie pour fermer mes boutons dans mon dos. Elle vient de plier la vieille robe et de l'enfoncer dans un panier quand Fanny ouvre à la volée la porte de la cuisine. Derrière elle, on entend Annette parler vivement. Les yeux écarquillés de Fanny nous signalent qu'il se passe un événement notable, et sa bouche muette articule des mots que nous ne comprenons pas. C'est alors que la voix du mystérieux interlocuteur d'Annette passe par-dessus la tête de Fanny et arrive à nos oreilles.

— Mais si je vous le dis, que l'ai vu! Pas plus tard que ce matin au marché. Et avec une fille pendue à son bras!

— Je n'arrive pas à vous croire, madame Sponze. J'ai beau faire tous mes efforts, je ne peux seulement pas l'imaginer.

— Miséricorde, souffle Marceline qui tombe assise sur une chaise, les bras abandonnés le long du corps.

— Eh bien! fait Annette en entrant dans la cuisine. Je ne vous avais pas entendue descendre. Bien dormi? Et vous, Lucie? Déjà levée?

Une chose est sûre, Sponze ne nous a pas données. Au sourire avenant et légèrement surpris d'Annette, on voit qu'elle a tenu sa langue.

— Mesdemoiselles, bien le bonjour, fait-elle d'un ton gaillard en nous apercevant.

Rien ne paraît sur son visage de notre rencontre du petit matin. Elle n'a pas le moindre clin d'œil, pas le plus infime geste de complicité. Le silence qu'elle a promis, elle l'observe.

Mais ce qu'elle garde d'un côté, elle ne peut s'interdire de le lâcher de l'autre. Et pour le prix de notre sécurité, elle est bien décidée à nous raconter ce qu'elle a vu de si intéressant, ce matin, après que nous nous sommes quittées.

— Écoutez voir ça, Marceline, commence-t-elle, si ce n'est pas étonnant, incroyable, invraisemblable ce que je vais vous raconter là...

Je me doute de ce que je vais entendre. J'ai les

oreilles déployées comme des éventails quand Annette, cette vieille chouette, met le holà.

— Pas devant la petite, Eugénie, vous n'y pensez pas...

Tiens, elle s'appelle Eugénie. Je ne m'étais jamais occupée de savoir si elle avait un prénom. Mais, à supposer que je me sois posé la question, je ne l'aurais pas dotée d'un nom de baptême aussi impérial.

— La petite... Elle n'a pas les oreilles en sucre, la petite, se défend Eugénie. Elle en sait certainement plus qu'elle ne le laisse croire, Qu'est-ce que vous en pensez, Marceline?

— Je n'en pense plus grand-chose, admet Marceline avec un hochement de tête lamentable.

— Pour sûr, approuve Eugénie, il y a des jours où on ne sait plus très bien où on en est. Alors donc, comme je disais, vous ne devinerez jamais qui j'ai croisé ce matin dans les Halles, en entrant chez la mère Prunelle qui est ma belle-sœur par alliance et qui tient cantine rue de la Ferronnerie?

— Pas moi en tout cas, dit vivement Fanny. Pas mademoiselle Marceline, ni mademoiselle Lucie...

Annette éclate de rire.

— Pas ces demoiselles, bien sûr. Mais tu brûles, Fanny. Quelqu'un qui n'est pas très loin...

— Les patrons? demande Fanny en roulant des yeux de pintade.

— Tu flambes!

— Alors non, je ne vois pas...

— Monsieur Achille! Debout sur une table! Et pour quoi faire, je vous demande?

— Vendre des emprunts d'Algérie ?

— Ah ! vous êtes drôle, vous ! Pour vanter les idées socialistes. Voilà ce qu'il fait, votre patron, au lieu de s'amuser la nuit avec ses camarades, comme on le fait à son âge. Il court les quartiers pour faire la révolution.

— Ça suffit, Eugénie, s'insurge Annette. Cette fois, la petite en a assez entendu. Que voulez-vous qu'elle s'imagine avec de pareilles sornettes ? Et ne vous avisez pas d'aller rapporter tout ça à votre mère, vous ! Ce ne sont que des racontars.

— Qu'est-ce que tu l'ennuies, la pauvre ! Elle n'y entend rien. N'est-ce pas, ma petite caille, que tu ne sais même pas de quoi je parle ?

Pour mieux la convaincre, je prends mon air de buse et je fais mine de réfléchir.

— Allons, intervient Marceline qui a repris ses esprits, je vais conduire Lucie à la bibliothèque. Il est l'heure de la mettre à l'étude. Quant à vous, madame Sponze, j'espère que c'est tout ce que vous avez à nous révéler.

— Oui oui, bredouille l'autre, que le ton cassant de Marceline a le don de terrifier. Je vous salue bien, mademoiselle.

— Nous de même, madame, répond Marceline en sortant dignement de la cuisine.

— N'ayez crainte, elle ne dira rien de plus, murmure Fanny qui nous a suivies jusqu'à la porte de la bibliothèque. Elle tient trop à garder sa clientèle.

Nous sommes face à face dans la bibliothèque, ma petite institutrice et moi, chacune adossée à son mur de livres, et nous nous mesurons du regard. Le visage impitoyable, elle feint d'attendre de moi des explications circonstanciées et des regrets poignants (comment ai-je osé m'enfuir de chez moi, dans la nuit, sans même penser que... etc. etc.). Mais je n'ai pas l'intention de me laisser faire. Il n'est pas question que je m'excuse. Je veux, moi, qu'on m'en dise plus. Je veux savoir ce que fabrique mon frère la nuit, debout sur les tables, à haranguer des gens en blouse et en casquette. Je veux que Marceline admette qu'elle n'était pas si triste de s'échapper avec nous et qu'elle s'entend à merveille avec Blanche. Je veux comprendre pourquoi tout le monde ici dissimule ce qu'il est et ce qu'il pense, et ce que nous attendons tous de la comédie que nous jouons. J'en ai assez d'être bernée. C'est moi qui attend que l'on me parle et que l'on implore ma miséricorde.

— Lucie, est-ce que tu te rends compte...

— Non, Marceline, je ne veux pas t'entendre. Je sais très bien ce que tu vas dire et ça ne m'intéresse pas du tout. Et puis je n'ai pas envie de te demander pardon. Nous nous sommes bien amusées, toi comme moi, et si tu veux me dénoncer à mes parents, j'en ai autant à ton service.

Ébahie par mon insolence, Marceline s'appuie contre les rayonnages. Une rangée de livres vacille sur le côté.

— Et je préférerais que tu me dises bien franchement ce que tu sais d'Achille.

— Puisque tu le demandes, concède Marceline, tu vas savoir. Achille ne suit pas le chemin qui lui a été préparé par tes parents. Il a rencontré, il y a quelques années, un groupe de gens dont il s'est entiché, des peintres et des philosophes qui défendent les idées socialistes. Ce qui ne serait pas encore si grave s'il n'était tombé follement amoureux d'une blanchisseuse. Il a été si frappé par la détresse de son milieu qu'il n'a rien eu de plus urgent que de se mettre lui-même à défendre la cause des misérables. Voilà des mois qu'il ne travaille plus avec ton père et qu'il passe tout son temps à comploter avec des gens dont la moitié risque à tout bout de champ de tâter de la prison. Tu penses bien qu'il n'a pas mis tes parents au courant de ses histoires. Mais ils ne sont pas aveugles, ils sentent que leur fils leur échappe. Je suppose que tu comprends mieux à présent les longues absences d'Achille et sa méchante humeur quand il est parmi nous.

À mon tour de m'enfoncer dans la rangée de livres à laquelle je suis adossée.

— Et tu ne m'as rien dit?

— Pourquoi t'aurais-je avertie de ce qu'on m'a confié sous le sceau du secret?

— Mais enfin, qui te parle à toi?

— Ces amies que je rencontre au parc.

— Celles-là? Celles qui t'offrent des macarons?

— Et des livres, oui.

— Elles sont socialistes?

— Non. Mais elles ont des connaissances chez les socialistes.

— Ouf. J'avais peur que toi aussi…

— Enfin… Ne te méprends pas. Je ne suis pas l'adversaire des idées socialistes. Mais je suis occupée par un souci plus urgent. C'est que je veux défendre, moi, le droit des femmes. Que nous-mêmes et nos filles puissions étudier, travailler, voter, voilà qui me paraît le plus important et de nature à faire changer le monde.

– Marceline! Tu veux porter la culotte! Mon frère est un horrible socialiste et, toi, tu es une institutrice moustachue! C'est trop beau...

D'effondrée que j'étais, je me suis redressée si vivement qu'un gros livre posé sur un rebord d'étagère s'est mis à basculer.

– Lucie! Attention!

Trop tard. Il tombe, entraînant dans sa chute une kyrielle de volumes mal rangés. Sous l'avalanche, je protège ma tête de mes bras repliés. Marceline court vers moi et m'attire à elle. Nous sommes enlacées, pressées l'une contre l'autre comme deux figures romaines dans un tableau, quand quelqu'un entre dans la bibliothèque. Un visage aux traits tirés, aux yeux caverneux, une grande carcasse épuisée, vêtue d'un manteau que je reconnaîtrais entre mille depuis que je l'ai suivi des yeux dans la foule.

– Qu'est-ce que c'est que ce raffut?

– Achille! On t'a vu! Ce matin! Au café! Sur la table!

La main sur la poignée de la porte, Achille me contemple, sidéré. Je crie comme une possédée. Il jette un bref coup d'œil à Marceline, qui lui répond d'un regard désolé. Constatant que je ne suis pas prête de m'apaiser, il attrape le dossier d'une chaise et s'assied à califourchon. Puis il prend le parti de sourire.

— Calme-toi, Lucie. Assieds-toi et raconte-moi tout. Je t'écoute.

— Je ne comprends rien à ce que vous me racontez, dit Fanny alors que je viens de lui narrer par le menu les secrets ébouriffants d'Achille et de Marceline. Qu'est-ce que ça change qu'ils aient des idées ? Des idées, tout le monde en a. Et après ?

Elle est debout sur le tabouret de ma coiffeuse et je ferme dans son dos les dizaines de petits boutons de la robe de bal en soie rouge de ma mère.

— Rentre la poitrine ou le tissu va se déchirer tout le long de la boutonnière ! Essaie de faire comme si tu étais maigre...

— Vous en avez de bonnes, vous ! Est-ce que c'est ma faute si je suis faite comme je suis faite ? Très bien, j'arrête de respirer. Vous êtes contente ?

— C'est mieux. Je te dis que tes idées ne sont pas aussi puissantes que les leurs.

— Et pourquoi ? Suis-je trop sotte ?

— Non, mais elles ne sont pas partagées. Toi, tu as des idées pour améliorer ton sort. Alors qu'Achille et Marceline réfléchissent pour améliorer le sort des gens.

— Grand bien leur fasse. Passez-moi l'écharpe et les souliers rouges. Quel dommage que vous n'ayez que cette petite glace dans laquelle on ne se voit pas tout entière.

— Je te vois, moi.

— Alors dis-moi. Est-ce que j'ai l'air d'une dame quand j'en porte les vêtements ?

Elle se tient droite sur son tabouret, prend un visage sérieux et regarde devant elle. La robe a beau être un peu étroite, elle lui va à ravir. Sur elle, la soie étincelle. Elle se tend au corsage et dessine des plis sinueux le long de ses jambes. L'étoffe rouge enchâsse la nacre de sa peau. Ses épaules, ses bras, la naissance de sa gorge semblent naître d'une corolle. Si elle apparaissait au bal, toutes les femmes du monde s'évanouiraient de jalousie. Ma mère la première, j'en ai peur.

— Fanny, tu es si belle que tu ressembles à une peinture.

Elle me regarde en fronçant le sourcil. Elle n'est pas sûre qu'il s'agisse d'un compliment.

— Ne te fâche pas. Pour figurer les déesses, les reines ou la Sainte Vierge, les peintres choisissent de très belles personnes, auxquelles ils donnent des visages merveilleux et des corps sans défaut. Tu leur ressembles, c'est tout ce que je veux dire. Et descends de ce tabouret. À te tortiller, tu finiras par tomber et par déchirer la jupe.

Fanny quitte son promontoire. Elle déambule dans ma chambre, la soie crisse à chacun de ses pas. Elle s'arrête devant moi et me sourit.

— Vous êtes honnête, vous. Vous aviez promis que je passerais la robe et vous avez tenu parole.

— Je ne risquais pas lourd. Moins lourd que toi quand tu m'as menée aux Halles. Ma mère ne rentrera pas avant l'heure du dîner. Il suffisait de se glisser chez elle et de chercher un peu.

— Quand même. Je suis contente de savoir que la robe me va. Je te jure qu'un jour viendra où j'aurai la même. Je fêterai le nouveau siècle dans une jolie maison et dans une robe de soie.

— Mais le nouveau siècle n'arrivera que dans quinze ans. Et dans quinze ans, nous serons peut-être riches, mais nous serons vieilles.

Fanny a un geste désinvolte de la tête.

— C'est bien parce que nous serons vieilles qu'il nous faudra de belles robes pour nous pavaner et paraître encore belles. Tu verras la jolie vieillarde que je ferai à trente ans !

— Fanny, quand nous aurons trente ans, le monde sera socialiste et féministe. Je me demande si la mode sera toujours aux robes de bal.

— Vous dites des bêtises, mademoiselle Lucie. La mode n'a rien à voir là-dedans. Les robes de bal sont éternelles. Il n'y a que les petites filles gâtées comme vous l'êtes pour y renoncer de gaieté de cœur avant même d'y avoir goûté.

CHAPITRE DIX-SEPT

Une vraie soie de Chine

Un petit feu de printemps crépite dans la cheminée. Disposés autour du salon, les guéridons portent des vases remplis de roses et de pivoines. Annette a servi les convives et disposé le service en argent sur la nappe brodée. Une lumière orangée annonce l'imminence du soir.

J'ai été vivement invitée à assister à la cérémonie du thé. Une petite dizaine de personnes sans âge, femmes maquillées et hommes aux visages sévères, aspirent du bout des lèvres leur eau bouillante. Ils ferment les yeux pour les défendre de la vapeur bouillante. Le petit chien barbu du Siam s'est pelotonné sur les genoux de ma mère. Accoudé à la cheminée, mon père tisonne distraitement les braises tandis qu'un homme à la poitrine bardée de médailles lui parle à voix basse.

— Achille a quitté Paris, claironne ma mère en saisissant délicatement l'anse transparente d'une tasse minuscule. Il vient de faire construire une fabrique au milieu de nulle part, et mon Dieu, maintenant qu'il l'a remplie d'ouvriers, il est parti la gouverner.

— Voilà qui est avisé, entreprenant, audacieux, soufflent en canon les trois vieillards qui l'entourent.

Mon père s'éloigne de la cheminée et se réfugie à l'autre bout du salon, hors de portée du bavardage maternel.

— Il saura se construire un petit empire, continue ma mère en souriant aux anges.

— Et que fabriquent-ils, tous ces gens, sur le domaine de votre fils ?

— Des poêles en fonte. De ces gros machins qui chauffent les maisons et que toutes les maîtresses de maison veulent absolument pour leur cuisine.

— Très avisé, chuintent les vieillards en hochant doctement la tête.

— Très moderne, approuve ma mère qui aurait préféré, c'est clair, que son fils se lance dans la soierie ou la porcelaine, lesquelles, pour une femme élégante, auraient fourni un meilleur sujet de conversation que la fonte.

— Mathilde, quelle merveilleuse réussite ! soupire l'un de ses admirateurs.

— C'est ce que je me dis souvent, consent Mathilde en levant vers le haut du rideau un regard plein de gratitude.

Ce qu'elle ne dit pas, et que j'aimerais tant pouvoir dire à sa place, c'est qu'elle se pavane pour garder la face parce que sa réussite est un désastre. En fait d'empire, la fabrique de son fils est une tribu socialiste. Le projet n'est pas d'y faire fortune, mais d'accli-

mater les idées révolutionnaires dans le monde réel.
Achille a tout prévu, des logements aérés, des médecins, une école et un jour de congé par semaine. Le
travail est interdit aux enfants avant qu'ils aient treize
ans. Et le plus joli, c'est qu'un grand parc entoure le
village

— Je te laisse le choix, a-t-il déclaré à mon père le
jour où il lui a mis le marché en main. Ou tu me
donnes la part d'héritage qui me revient, ou je continue à vivre à Paris et dans quinze jours tu seras obligé
de venir me tirer de prison. Je ne crois pas que tes
amis te laisseront poursuivre tes activités à la Chambre
avec un fils emprisonné pour menées révolutionnaires.

— C'est une menace, a constaté mon père d'une
voix blanche.

— C'est un chantage, a acquiescé Achille.

— C'est épouvantable, a gémi ma mère. Faites au
moins sortir Lucie.

Je m'apprêtais à quitter la table, j'ai l'habitude de
disparaître dès que les choses deviennent intéressantes.
Mais Achille m'a fait rasseoir d'un geste impérieux.

— Elle peut rester. Elle sait tout.

Ma mère a poussé un gémissement. Elle a fermé les
yeux et a glissé de sa chaise.

— Assassin, a murmuré mon père. Tu es en train de
la tuer.

Achille s'est contenté de hausser les épaules pendant
qu'Annette la relevait pour l'emmener dans sa chambre.
Dans un sens, ce n'était pas plus mal. Rien ne vaut un
bon évanouissement pour économiser ses émotions. Et
des émotions, l'avenir lui en préparait d'autres.

Marceline comptait mettre à profit le désordre de la soirée afin d'annoncer son départ précipité pour l'Amérique. Elle avait accepté l'offre d'embauche de Blanche. Il lui fallut attendre le lendemain pour annoncer sa désertion.

Il y eut des reproches et des plaintes, mais pas de nouvelle menace d'évanouissement. Marceline était une ingrate, Marceline était une perfide, mais Marceline s'en tirait à bon compte. Annette sauta sur l'occasion pour annoncer, à l'heure du dîner, que Fanny venait de filer avec un maraîcher de Nanterre, dans la nuit et sans même donner son congé.

— Mais vous, Annette, a imploré ma mère, dites-moi que vous ne nous abandonnez pas...

— C'est que j'avais le projet de faire ma retraite à L'Isle-Adam, a reconnu Annette. Je suis fatiguée, je me fais vieille et ma fille me propose de me prendre chez elle...

Dans l'affolement, ma mère lui a immédiatement proposé d'augmenter ses gages et de lui laisser la chambre de Fanny en plus de la sienne. Annette a accepté, avec l'air de celle qui cède à la pitié plus qu'à l'enthousiasme.

— Mais il faudra me trouver une aide, a-t-elle dit. Je veux bien reprendre la charge de Marceline, mais celle de Fanny, je ne pourrai pas.

— Tout ce que vous voudrez, a consenti ma mère. Mais restez.

J'aurais bien aimé que Fanny me laisse une lettre, ne serait-ce qu'un petit mot, pour me prévenir qu'elle s'en allait. J'aurais eu son adresse et j'aurais pu faire le projet d'aller la voir dans sa campagne. Mais elle n'a averti personne, sinon Annette, qui n'a pas cherché à la dissuader.

— Vous pleurez? s'est-elle étonnée en me voyant essuyer une larme. Vous avez bien tort. Elle sera certainement plus heureuse en patronne de son homme et de son terrain qu'à faire la bonne à Paris.

— J'aurais tellement voulu qu'elle me le dise à moi. Si elle avait peur que je m'attriste, elle aurait pu me l'écrire.

Annette m'a regardée avec un visage un peu triste.

— Vous ne vous êtes jamais demandé si elle savait écrire?

Mes larmes se sont taries d'un coup. De trahie que j'étais, je me suis sentie basculer dans le camp des traîtres. Pas plus que je n'avais imaginé que Sponze portait un prénom, je n'avais pensé que Fanny n'était jamais allée à l'école.

— Je suis une belle idiote, n'est-ce pas, Annette?

— Il ne faut pas dire des choses comme ça, Lucie. Et puis, si vous êtes une idiote, laissez-moi vous dire que vous n'êtes pas la seule et que vous n'êtes pas la pire.

Jacques, qui m'attendait devant la grille du parc un peu plus tard dans l'après-midi, a trouvé de meilleures raisons pour me consoler.

— Évidemment, tu es une idiote. Pourquoi veux-tu qu'elle te laisse une adresse? Si tu veux la revoir, tu sais où la trouver. Sur le carreau des légumes, avec son maraîcher de mari. Et si tu n'en es pas sûre, veux-tu que je pose des questions à Jean?

Quelquefois, je repense à l'époque bénie où je croyais protéger Jacques et où il se laissait faire sans histoires. Désormais, c'est lui qui se comporte avec moi comme si j'étais un enfant auquel il faut expliquer les avanies de l'existence. Quand Marceline nous a prévenus de son prochain départ, alors que je fondais en larmes sous l'œil de vingt nourrices qui me contemplaient avec effarement, Jacques s'est précipité vers elle pour la féliciter. Il a trouvé mille mots gentils pour lui dire qu'il était fier d'avoir favorisé sa rencontre avec Blanche, et qu'il était certain qu'elle serait formidablement heureuse en Amérique.

— Blanche prétend qu'elle ne connaît rien de si agréable que Boston et ses environs. Elle y a vécu deux ans et y compte de nombreux amis. Si Lucie voulait bien cesser de pleurer nous pourrions nous réjouir tous ensemble, et ce serait délicieux. Malheureusement pour nous, elle est en train de se noyer dans ses larmes.

— Mais que vais-je faire quand Marceline sera partie? Faudra-t-il que je vive toute ma vie enfermée entre Annette, qui est gâteuse, et ma mère, qui est méchante?

— Figure-toi que j'ai réfléchi à la question, m'a dit Marceline. Mais, avant de m'écouter, j'aimerais que tu te mouches.

Je me suis exécutée bruyamment, j'ai essuyé mon torrent de larmes, et les vingt nourrices, rassurées, sont retournées à leurs conversations.

— Premièrement, tu viendras me voir. Jacques propose de faire intervenir ses parents auprès des tiens afin que tu l'accompagnes lors d'un prochain voyage. Et tu sais aussi bien que moi qu'avec de telles recommandations ils ne refuseront pas. Deuxièmement, je suis allée voir sœur Thérèse, qui a été très contente d'avoir de tes nouvelles et d'apprendre que tu n'avais pas perdu le goût de l'étude. Comme elle a des amis dans l'enseignement, elle se propose de te recommander dans une institution pour jeunes filles.

— C'est tout ce que tu as trouvé, de me renvoyer à l'école ?

— Pire, a souri Marceline. Au pensionnat. Encore pire : à l'étranger. Les enseignements sont bien meilleurs en Suisse ou en Angleterre qu'ils ne le sont en France.

— Tu ne dis rien, toi ? ai-je crié à Jacques. Je vais quitter le quartier, le parc, Paris, la France. Je vais t'abandonner et tu ne protestes pas ?

— Pourquoi je protesterais ? Tu seras très contente au milieu de cinquante harpies de ton espèce. Sans compter que tu ne seras pas bannie à vie. Tu n'imagines pas comme les vacances arrivent vite quand on ne les espère pas. Et tu seras tellement contente de me retrouver que tu cesseras peut-être de me chercher des querelles ridicules. Enfin, je te rappelle que nous avons prévu un long voyage, ce qui fait que nous ne nous quitterons pas durant des jours. Et, à ce propos, je me demande si…

— Je ne vois même pas pourquoi tu gaspilles ton temps à spéculer sur des projets impossibles. Jamais mes parents ne voudront payer le prix d'une pension. Le problème est réglé avant même d'être posé : mon avenir est de rester seule à dépérir dans cette maison sinistre.

— Détrompe-toi, a dit Marceline. Tu partiras, tes parents ont donné leur accord. Achille s'en est mêlé.

À vrai dire, il a fallu le concours de Marceline pour que mon frère intervienne. C'est en tout cas ce qu'elle m'a raconté. À la sortie de sa conversation avec sœur Thérèse, elle est allée le voir. Elle l'a trouvé qui préparait son départ. Elle l'a fait asseoir sur une malle et s'est plantée en face de lui.

— Toi qui es socialiste, a-t-elle commencé, trouves-tu légitime que des parents ne reconnaissent pas à une femme le droit de faire des études ?

Achille a dû réfléchir parce qu'il s'intéresse aux droits des pauvres gens et pas aux droits des femmes riches. Mais, comme Marceline est une avocate tenace, il a fini par convenir avec elle qu'interdire à une femme d'étudier, parce qu'elle est une femme, n'était pas une chose juste.

— Dans ce cas, trouves-tu légitime que tes parents privent ta sœur de la possibilité de faire des études ?

— Lucie est bien gentille, a concédé Achille, mais je ne sais pas si elle est très capable de suivre un enseignement de lycée.

— Moi, je sais. Elle est capable et elle est douée. Il existe des institutions qui forment les jeunes filles. Le seul problème est d'obtenir de tes parents qu'ils y consacrent l'argent nécessaire.

— Dans une société socialiste, a soupiré Achille, toutes ces questions d'argent ne se poseraient pas. Les écoles seraient ouvertes à tous et...

— Mais nous ne sommes pas dans une société socialiste. Il faut faire avec celle que nous avons.

— Qu'attends-tu de moi?

— Que tu les convainques.

Achille a eu une moue découragée.

— Ce sera difficile. Après m'avoir cédé ma part, ils ne voudront plus lâcher un sou. Ensuite, je suis près de croire qu'ils préfèrent encore financer leur fils socialiste plutôt que leur fille féministe.

— Et tu leur donnes raison?

Marceline a pris pour le regarder des yeux de furie et il s'est recroquevillé sur sa malle.

— Je peux leur proposer de payer moi-même la pension...

— En auras-tu les moyens?

— C'est à voir. Je peux aussi demander qu'ils investissent dans l'étude l'argent qu'ils comptaient consacrer à son mariage. En les menaçant une fois encore de faire scandale, il est probable qu'ils accepteront.

Pour les avoir fréquentés si longtemps, Achille les connaît bien. Ils ont rechigné, il a insisté. Ils ont cherché à négocier, il s'est obstiné. Pour finir, ils ont accepté.

— Jamais elle ne trouvera de mari, a déclaré mon père, et tu en seras responsable. Comment vivra-t-elle une fois que nous ne serons plus là pour l'entretenir?

— Je l'engagerai dans ma fabrique, a répondu Achille. Comme employée. Ou comme médecin.

— Comme médecin? a fait ma mère en étouffant un rire nerveux. Une femme médecin? Tu divagues, Achille. Institutrice, passe encore, mais médecin...

Achille aurait pu dire qu'il m'engagerait comme institutrice, mais il était de méchante humeur et il a pris la mouche.

— Et pourquoi pas médecin? Je vous le dis, moi, qu'un jour nous aurons des femmes médecins pour nous soigner. Nous aurons des femmes philosophes. Des femmes ingénieurs. Nous aurons même des femmes députés.

— Et pourquoi pas présidentes de la République? a demandé mon père en jetant les bras au ciel.

— Oui, pourquoi pas? a crié Achille en jetant lui aussi les bras au ciel.

— Mon pauvre garçon, tu as perdu la raison, a fait ma mère. Mais, après tout, qu'elle fasse des études, nous trouverons toujours à la marier sans le sou à un illuminé de ton espèce.

C'est ainsi que Marceline, forte de la promesse paternelle, a pu retourner chez sœur Thérèse afin de choisir avec elle mon futur établissement. Je vais partir en Angleterre.

— L'anglais te sera utile, m'a dit Marceline, le jour où tu décideras de venir t'établir en Amérique.

— Oh Marceline! ai-je dit, je viendrai te rejoindre?

— J'espère bien, coquine. Qui veillera sur toi, si je n'y suis pas? Qui s'occupera de te faire apprendre ce qu'il faut que tu saches pour mener librement ta vie chez les sauvages?

Un court instant, j'ai eu peur de ne jamais m'y faire. Mais, tout compte fait, il m'a fallu environ trente secondes pour m'habituer à la perspective de l'exil. Devant moi, le vaste et le bel inconnu. Derrière, Paris, où je n'ai plus grand-chose à perdre. Jacques, qui a de la famille à Londres, a commencé à m'apprendre quelques rudiments d'anglais. Nous passons des heures dans la bibliothèque à me faire répéter de petites phrases. Quand elle passe fixer avec Marceline les préparatifs de leur départ, Blanche corrige notre accent. Nous sommes pleins d'espérances et plutôt heureux, surtout depuis que ma mère a décidé de prendre les choses avec philosophie. Elle a imaginé, du jour au lendemain, qu'elle était enchantée que sa fille aille poursuivre son éducation au Royaume-Uni. Elle a enrichi son lexique de quelques nouveaux mots, comme «chic», ou «snob». Les études sont chics, le pensionnat est snob. Loin d'être désagréable, sa folle bonne humeur est entraînante. Je l'admire un peu de parvenir à transformer tout ce qui lui arrive en triomphe personnel. Je ne désespère pas qu'elle devienne un jour elle aussi féministe, très chic, voire socialiste, parfaitement snob. Pour parler franchement, je ne serais pas fâchée d'avoir cette capacité d'adaptation, plus tard, quand je serai grande.

Pour marquer sa satisfaction , elle m'a conviée officiellement à assister aux thés de l'après-midi. Elle pourra ainsi me présenter avant mon départ et utiliser un très grand nombre de fois ses nouveaux mots. Elle en a profité pour solliciter Blanche (qui a poliment décliné, puisque Marceline n'est pas invitée) et Jacques (qui s'est empressé d'accepter).

Je suis désolée de l'avouer, mais je n'aime pas le thé, que je trouve décevant et insipide. J'espère que ce ne sera pas un handicap trop lourd pour ma future nouvelle vie.

Au milieu des messieurs ronronnants et des dames coiffées comme des perruches, Jacques fait bonne figure. Ils sont nombreux pourtant à le regarder en coin, dûment informés de l'avantage pour notre maison de recevoir l'héritier d'une si grande famille. Je soupçonne mes parents de laisser entendre à qui veut le croire qu'ils pourraient nous fiancer. Ce qui est de leur part un rêve désespéré. Quelle que soit la bonne volonté de Jacques, jamais ses parents n'accepteront de prendre le thé dans le salon de ma mère.

— C'est parfaitement impossible, me souffle Jacques dans l'oreille. Que vous soyez bourgeois, encore, ils auraient pu passer outre. Mais socialistes, c'est insurmontable.

— Tu ne nous en veux pas, toi, d'être bourgeois et socialistes?

— Mais pas tout! Si j'étais une femme, je serais la plus enragée pour exiger le droit de vote et de divorce. Si j'étais une blanchisseuse, je me battrais comme une furie contre la misère. Mais je suis celui que tu connais. Je suis un jeune homme de santé fragile, je suis merveilleusement riche et j'appartiens à une famille exquise. Ce qui me donne le droit et le devoir de m'intéresser à mes amis, aux courses et à la savate.

— Jacques, ai-je dit, tu es charmant, mais tu es frivole, et jamais je ne t'épouserai.

— Tu auras bien raison, car je ferais un épouvantable mari. Je plains de tout mon cœur ma pauvre future épouse. Mais, comme je suis aussi un excellent ami, tu pourras me demander comme parrain de tes nombreux enfants.

– Encore en train de comploter? nous a interpellés ma mère à travers le salon. On se demande ce qu'ils ont de si précieux à se raconter, ces deux inséparables!...

– Veux-tu revoir Fanny? m'a demandé Jacques un peu plus tard, quand je l'ai raccompagné sur le pas de la porte.

– As-tu de ses nouvelles?

– Souvent, par Jean qui la voit le matin. Elle a quitté son maraîcher, qui la faisait lever trop tôt, et elle prépare ses noces avec un gros charcutier de la rue des Lavandières-Sainte-Opportune. Elle trône toute la journée derrière son comptoir, où elle fait, paraît-il, plaisir à voir.

– Sois gentil, emmène-moi un matin. Nous saluerons Fanny et j'irai, moi, acheter des brassées de dahlias.

Parfois, je regrette de quitter la maison et de laisser derrière moi le souvenir de ces derniers mois. Mais aussitôt me vient la pensée que, de toute la petite troupe qui en a fait l'excitation et le bonheur, il ne reste plus grand monde. Achille a rejoint sa blanchisseuse, qui l'avait précédé de quelques semaines sur le site de la fabrique. Le bateau qui emmènera Blanche et Marceline quitte Le Havre dans une semaine. Après les projets de mariage, Fanny caresse des projets d'enfant. Vaille que vaille, Annette tient la maison à l'abri de la ruine, mais nul ne sait combien de temps elle en supportera la charge, et mon père envisage d'ores et déjà de déménager pour un appartement. Tout le temps qu'il n'est pas enfermé au lycée, Jacques le passe à traîner avec Jean. Ils vont aux courses, au concert et à la boxe. Au désespoir de sa mère, et à l'amusement de son père, qui assure qu'il faut que jeunesse se passe.

Il n'y a qu'Eugénie Sponze pour rester indéfectiblement fidèle à son poste. Elle a pris mes mesures pour coudre les terribles petites chasubles bleu marine qui seront bientôt mon uniforme.

— On est loin du satin grenadine, a-t-elle remarqué d'un ton désapprobateur en étalant devant moi un atroce coupon de laine pelucheuse.

— Il faut être philosophe, ai-je répondu. Aujourd'hui, la laine qui gratte; demain, la soie qui caresse.

— À ce propos, puisque vous nous quittez, jetez-moi un coup d'œil là-dessus. Je vous ai apporté un cadeau d'adieu.

Elle a sorti du fond de son panier un petit chiffon rouge orangé, une minuscule merveille, qui semblait saisir dans l'air clair chaque parcelle de lumière.

— Allez-y, touchez. Ça ne pèse pas dix grammes, ça se coule sur la peau et ça transforme la plus ingrate des donzelles en créature.

J'ai pris le tissu. Il tenait tout entier dans ma main fermée. Déplié, le corsage a glissé sur mes épaules jusqu'à ma taille. J'ai relevé mes cheveux dans mon cou et je me suis regardée dans le miroir. J'avais l'air d'une princesse.

160

— De la soie, a chuchoté Mme Sponze comme si elle était à la messe. De la vraie, de Chine. Je l'ai coupée pour vous, je l'ai plissée et bien cousue. Gardez-la précieusement. Pour le jour où.

— Eugénie, ai-je dit, ce jour-là, vous serez de la noce, et venez donc ici que je vous embrasse.